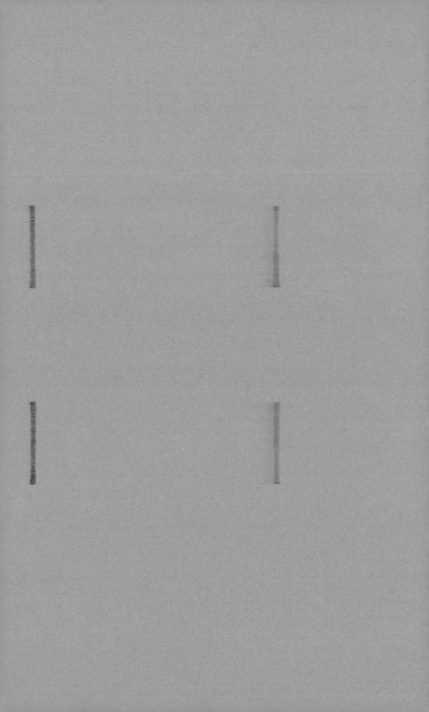

삶이 나를 어디로 데려가든

삶이 나를 어디로 데려가든
ⓒ 김선영, 2021

김선영 지은 것을 정신세계사 김우종이 2021년 11월 24일 처음 펴내다.
이현율과 배민경이 다듬고, 변영옥이 꾸미고, 한서지업사에서 종이를,
영신사에서 인쇄와 제본을, 하지혜가 책의 관리를 맡다. 정신세계사의
등록일자는 1978년 4월 25일(제2018-000095호), 주소는 03965 서울시
마포구 성산로4길 6 2층, 전화는 02-733-3134, 팩스는 02-733-3144,
홈페이지는 www.mindbook.co.kr, 인터넷 카페는 cafe.naver.com/
mindbooky이다.

2021년 11월 24일 펴낸 책(초판 제1쇄)

ISBN   978-89-357-0452-1 03810

#사직서 #프리다이빙 #여행 #요가 #명상 #치유 #네팔집

김선영 지음

삶이 나를 어디로 데려가든

정신세계사

$($ 차 례 $)$

1부 입수 전

2부 하강

1부

입수 전

원하는 방식으로 죽기 위해서는,
모두 버리고 떠날 용기가 필요했다.

세계여행을 떠나게 된 동기는 아이러니하게도 죽으려고 마음을 먹고서였다.

어머니가 실신까지 하며 격하게 반대하셔서 10년을 사랑했던 남자와 이별을 했고, 애지중지 키우던 강아지도 무지개다리를 건넜다. 직장 생활에 모든 애정을 쏟아붓는 동안 가족과 절친들은 무심한 나에게 서운함이 쌓여 등을 돌리기 시작했다. 학교생활도 힘들었다. 음악 교사 업무가 아닌 과도한 입학관리부 업무로 몸을 혹사하는 하루하루를 보내고 있었다. 상실에 상실이 겹치자 모든 것이 와르르 무너지는 느낌이었다. 일부러 더 밝게 웃으며 씩씩한 척 소리 없는 발버둥을 칠수록 삶의 의지는 더욱 희미해져만 갔다.

한동안 퇴근길에 소주 세 병과 '미녀는 석류를 좋아해'를 사서 집으로 돌아왔다. 삼겹살이 익어가는 불판 앞에 동

료들과 둘러앉아 한껏 달아오른 얼굴로 소주잔을 치켜들며 "인생을 즐기자!"라고 외치던 나였지만 이제는 아니었다. 잔에 한가득 담긴 소주를 마시면서 나와 고독을 나누다 기억을 잃어버리는 편이 나았다. 살고 싶지 않았다. 죽음만이 지금 이 고통을 벗어날 수 있는 출구 같았다.

나는 쉬는 시간에 커피를 마시며 바깥 풍경 대신 교무실 칠판에 붙어있는 세계지도를 물끄러미 바라보는 걸 좋아했다. 문득, 지도에 그려진 탄자니아의 잔지바르가 나를 불렀다. 그곳을 뚫어져라 바라보고 있으니 이런 생각이 올라왔다. '세계여행을 하다가 잔고가 바닥나면, 한적한 바닷가 마을로 가서 물고기나 잡으며 살자. 그러다 죽고 싶은 마음이 들면 거기서 조용히 생을 마감하는 거야.' 완벽한 시나리오였다.

이렇게 나는 처음 스스로 내 인생 항로를 정했다. 죽기 전 남은 인생은 자유로운 영혼으로 여행하다가 마감하겠노라고. 부모님이 기뻐하실 안정적이고 평범한 삶과는 이별하고, 어찌 보면 특이하고도 비현실적인 삶을 살기로 결정한 것이다.

각박한 도시 생활에 대한 회의감은 극에 달했고, 정신적 스트레스는 점점 심해져만 갔다. 내가 아닌, 부모님을 비

롯한 다른 이들의 욕구를 충족시키기 위해 열심히 뛰고 있던 나의 삶은, 남들에게 보여주기 위한 위선적이고 가식적인 삶이었다.

그들의 행복 기준은 나의 것이 아니었다. 깔끔하고 세련된 도시 환경은 나를 행복하고 생기 넘치게 해주지 못했다. 안정된 직장보다는 가슴 뛰고 보람된 삶이 나를 행복하게 해줄 것 같았다. 목동의 넓은 아파트보다는 한적하고 평화로운 바닷가 마을에서 하늘과 별을 보며 잠들 수 있는 요가 매트 크기만 한 자리, 벤츠보다는 바구니가 달린 두발자전거만 있어도 충분히 행복해질 수 있다는 확신이 들었다. 그러기 위해서는 이 사회 구조에서 벗어나야 했다. 틀에 갇힌 삶은 이 정도 살았으면 된 듯했다.

그렇게 나는 7년 간의 교사 생활에 종지부를 찍을 준비를 시작했다. 드디어 왼쪽 가슴에 품고만 다니다 정년을 맞이한다던 사표가 바깥세상으로 나올 수 있게 된 것이다.

물론 떠나기 위한 준비는 쉽지 않았다. 추억과 애정이 담긴 물건들을 처분하는 것은 정말이지 저승길 입장 준비를 하는 듯했다. 아끼던 첼로와 피아노, 책, 옷 등은 기부하고 나머지 개인 물건은 모조리 처분했다. 부모님 댁에 맡길 생각은 일찌감치 접었다.

어느 날, 쓰레기를 늘 정갈하게 정리하시는 부지런한

건물 주인 할아버지가 문을 두드리셨다. "무슨 일이 있는지는 모르지만, 이런 건 버리는 게 아닌데. 가지고 떠나요." 할아버지는 학사모를 근사하게 쓰고 가식적인 미소를 짓고 있는 내 졸업 사진과 임용장, 석사학위 졸업장을 나에게 건네며 말씀하셨다. 잠시 마음이 흔들렸다. 혹시 모르니 돌아올 대비를 해둬야 하나 싶기도 했다.

그렇게 임용장과 졸업장을 다시 품고 지내길 며칠. 이 물건들은 반드시 처분해야 할 목록 1위라는 결론을 내렸다. 다시는 이 사회로 돌아오지 않기 위해서였다.

블랙아웃

사표를 낸 뒤 인수인계를 하러 학교를 나간 3개월 동안 내 마음은 날마다 복잡미묘했다.

어느 날, 우연히 친구가 필리핀 모알보알Moalboal에서 프리다이빙 국제 심판 자격을 얻을 수 있는 코스가 열린다는 소식을 전해줬다. 그 당시에 나는 프리다이빙 강사 과정을 막 마친 상태라, 계속 트레이닝을 이어가고 싶은 마음이 컸다. 게다가 코스에는 실제 프리다이빙 대회에서 심판 보조로 침여해보는 실습 시간도 포함되어 있었다. 퇴사 후 프리다이빙 여행을 하면서 대회도 보고 심판으로도 참여하면 좋을 것 같았다.

그렇게 나는 내 인생을 송두리째 바꿔버릴 경험을 할 거라고는 생각도 하지 못한 채 코스와 대회 모두 냉큼 등록하고 필리핀으로 떠났다.

대회 셋째 날이었다. 늘 평온하던 바다는 대회 날을 귀신같이 잘도 알고 기다렸다 성을 내곤 했다. 이날도 그랬다. 온순하던 바다가 대회 마지막 날 돌변하기 시작했다. 90도로 내려가 있어야 할 하강줄[*]이 극심한 조류 때문에 45도로 꺾여버렸다. 상황이 안 좋다 보니 대회 도중에 다이빙 포인트를 이동해야 했다. 장소를 옮기고 다시 대회장을 세팅하는 동안 해는 뉘엿뉘엿 지고 있었다. 드디어 나의 다이빙 차례가 다가왔다. 내 순서는 마지막이었다.

다이빙을 할 때는 속이 가벼운 게 좋다. 음식물을 소화하는 과정에서 일어나는 산소 소모는 프리다이버에게는 크나큰 손실이기 때문에 보통 다이빙하기 두 시간 전에 가벼운 음식으로 식사를 마친다. 대회가 금방 끝날 줄 알고 속을 비워둔 상태라 점점 당이 떨어지고 있었다. 설상가상으로 대회 종목은 평소에 자신 없어하던 핀 없이 수영해서 내려갔다 맨몸으로 헤엄쳐 올라오는 CNF^{**} 종목이었다.

자신이 없는 상태에 웜업^{warm-up} 다이빙을 하는데 내면에서 어떤 목소리가 들려왔다. 지금 생각해보면 나중에 명상

---

* 　다이버가 물속에서 수직으로 내려갈 수 있게 설치한 가이드 줄.
**　Constant Weight No-fins: 핀(오리발)과 하강 라인을 잡지 않고 자신의 신체를 사용해서 하강과 상승을 하는 종목으로, 흔히 "노 핀(no fin)"이라 부른다. 영법, 귀 압력 평형, 기술, 부력 등을 완벽하게 습득하고 조화롭게 기술을 사용하는 능력이 필요해서 프리다이빙 경기 가운데 가장 어려운 종목이기도 하다.

을 배울 때 초기에 들었던 목소리와 꼭 닮은 소리였다. "포기해. 넌 준비되지 않았어. 오늘만 날이니?" 그러나 나는 모범생의 한계에서 벗어나지 못했다. 초등학교 때부터 늘 들어왔던, 매사에 최선을 다하라는 선생님의 말씀이 떠올랐다. 그리고 시도도 해보지 않고 배로 돌아가면 패자가 된 기분이 들 것 같았다. 그래서 나는 참가하는 데 의의를 두는 올림픽 정신이 돋보이는 천사의 속삭임을 따르기로 했다(과연 천사였을까?). 이때까지만 해도 알아차리기가 무엇인지 생각해본 적이 없었다. 나의 몸 상태와 상관없이 부상을 입든 죽든 일단 강행하고 보자는, 막 달리던 시절이었다.

CNF에서는 물속 목표 지점에서 턴하는 순간이 아닐 때 줄을 잡으면 실격이다. 나는 일단 내가 적어낸 목표 수심 28미터까지 하강하고 나서 두 가지 방안 중 하나를 택하기로 했다. 하나는 하강하는 동안 힘들면 바로 턴해서 줄을 당기면서 올라온다. 또 다른 방안은 목표 수심까지 도착하는 데 무리가 없으면 계속 수영해서 올라온다. 단, 발차기와 팔 젓기를 한 세트라고 할 때 다섯 세트까지 헤아린 후 힘들면 그때 줄을 당긴다. 이렇게 나는 바다가 나에게 혹독한 교훈을 안겨줄 준비를 한 채 기다리고 있는 줄도 모르고 바다로 들어갔다.

목표 지점인 28미터까지 하강하는 데는 성공했다. 이

제 턴을 할 차례다. 언젠가부터 나는 무섭거나 혼란스러운 상황이 생길 때 눈을 감곤 했다. 그럼 평온이 찾아왔으니까. 그래서 눈을 감고 팔과 발을 움직이며 수영을 시작했고, 다섯을 헤아렸다. 할 만했다. 다섯을 넘어 여섯, 일곱, 여덟, 아홉…. 감은 눈 사이로 느껴지는 빛의 세기로 볼 때 수면은 아직도 멀어 보였다. 이 정도면 됐다는 생각이 들었다. 나는 실격을 택했고, 줄을 당기기 시작했다.

나는 어떤 동굴 안으로 들어갔고 껌껌한 어둠 속으로 계속 달려갔다. 완벽한 블랙홀이었다. 우주여행을 하는 것처럼 어둠 속으로 계속 빠져들어 갈수록 더욱 편안한 안식과 나른함, 진공 상태가 느껴졌다(명상에 깊이 들어갈 때의 느낌과 매우 흡사했다). 저 멀리 머리 뒤쪽 위에서 희미한 주황색 불빛이 들어오는 것이 느껴졌다. 그 순간 간호사 솔렌이 내 이름을 부르는 소리가 들렸다. 의식과 무의식의 중간 상태에 있는 나는 악마와 천사의 속삭임 사이에서 갈등을 하는 듯했다. 이 나른함 속에 머물기 위해 블랙홀로 더 빠져들 것인가, 아니면 박차고 저 한 줄기 빛을 따라갈 것인가(지금 생각하면 이승을 택할 것인가 저승을 택할 것인가 기로에 서 있었던 것 같다). 나는 슈베르트의 〈마왕〉에 나오는 달콤한 악마의 유혹 같은 나른함을 뿌리치고 빛으로 방향을 틀었다.

마치 아기가 "응애응애~" 하며 엄마 뱃속에서 나올 때 터트리는 울음 같은 첫 호흡이 터지며 의식이 돌아왔다. 나는 선수 대기 장소였던 보트 위에서 대회 의료진에게 둘러싸인 채 피거품을 토하고 있었다.

나중에 분석한 내 사고 원인은 쉽게 하강하려고 웨이트*를 너무 많이 착용한 것과 미천한 수영 기술이었다. 눈을 감고 수영을 하고 있었기 때문에 제자리에서 허우적대고 있다는 걸 모르다가 물속 18미터에서 기절을 해버린 것이다.

지금은 안전 시스템과 안전 교육이 많이 나아지고 있지만, 당시에 프리다이빙은 역사가 짧은 스포츠라 세이프티 시스템도 허술했고 대회 운영에 대한 지식도, 경험도 부족했다. 실제 사고가 발생하자 의료진은 당황해했다. 다행히 남자친구인 세이프티 다이버를 보려고 보트에 타고 있던 솔렌이 상황을 진두지휘하여 나에게 심폐소생술을 하기 시작했다. 맥박이 희미해지다 잡히지 않자, 그들은 거의 희망이 없다고 판단했다고 한다. 이렇게 나는 두 번째 삶을 얻었다.

다 버리고 떠날 수 있었던 용기와 죽다 살아난 블랙아웃 경험은 그동안의 인생 가치관을 과감하게 바꾸는 데 큰

---

* weight: 쉽게 하강하기 위해 허리에 차는 납덩어리.

도움이 되었다. 두 번째 삶을 어떻게 살 것인가. 당장 내일 죽는다면, 저승에 갈 때 가지고 갈 수 있는 건 어떤 것들이 있는가. 이번 생을 살면서 후회, 미련, 아쉬움은 없는가. 하고 싶은 것은 맘껏 해봤는가. 삶에서 중요한, 가치 있는 일을 위해 충분한 시간을 썼는가. 내일 당장 죽어도 후회가 없는가.

나는 나의 심장을 뛰게 하는 것이 무엇인지, 어떤 삶이 나에게 의미 있는 삶인지를 곰곰이 생각하기 시작했다. 삶에 대한 생각이 바뀌기 시작하면서 마음은 점점 가벼워졌고, 지금까지 전혀 보이지 않던 것이 눈에 들어오기 시작했다. 끝없이 드넓은 바다, 밝게 빛나는 태양, 서서히 매일 떠오르는 여명, 기다랗게 늘어선 야자수 나무들, 지저귀는 새들. 자연은 이 모든 것을 스스로 보살피며 존재하고 있었다. 이제야 새로운 하루하루가 물 흐르듯 아름답게 펼쳐지는 인생의 순리가 보이기 시작했다.

내 여행 지도는 버킷리스트

퇴사 후, 본격적인 여행 준비를 시작했다. 매일 카페가 문을 열 때 출근해서 문 닫을 때 퇴근했다. 그래도 시간은 부족했다. 서점에서 잔뜩 사온 세계여행 책자들과 세계지도를 펼쳐 놓고 대략 1년 동안 더운 지역만 따라가는 루트를 짜려고 했지만, 점점 미궁 속으로 빠져들기만 했다. 그래서 아예 콘셉트를 바꿔 버킷리스트를 작성하고 순서대로 해나가는 여행을 하기로 했다.

필리핀 프리다이빙 대회에서 블랙아웃을 경험하고 다시 시작된 두 번째 인생. '내가 그때 죽었으면, 무엇을 못 해본 것이 가장 후회되었을까?'를 생각하며 여행 때 늘 가지고 다니던 손바닥만 한 크기의 수첩 첫 장에 버킷리스트 열 가지를 적어 내려갔다.

첫 번째로 적은 것은 프리다이빙이었다. 좋아서 1번 자리에 둔 게 아니었다. 인생에서 처음으로 두려움을 극복하기 위한 수단으로 용기를 내 배운 프리다이빙이었는데, 이렇게 접을 수는 없는 노릇이었다. 여기서 프리다이빙을 그만두면, 패배자 꼬리표를 단 채 영영 물가에도 못 갈 것 같은 예감이 들었다. 쓰디쓴 이별이 아닌 아름다운 이별을 한 뒤에 다음 버킷리스트로 넘어가고 싶었다. 나머지 버킷리스트는 요가, 명상, 캠핑, 탱고, 살사, 기타, 하모니카, 블루스 음악 배우기, 영어 공부 등등이 뒤를 이었다. 버킷리스트 1번인 프리다이빙부터 무조건 시작해보고, 이제 됐다 싶으면 2번으로 넘어가기로 했다. 하지만 여행 6년차인 지금도 1번은 여전히 진행 중이다. 덕분에 나의 세계여행은 세계 바다 여행이 되어 버렸다. (하하)

첫 여행지는 나의 첫 번째 프리다이빙 선생님인 강현진 사부님이 추천해준 태국의 타오Tao 섬이었다. 혹시 사고 여파로 프리다이빙을 다시 할 수 없는 몸 상태일지라도, 타오 섬은 장기 여행자가 많이 모이는 여행지라 비슷한 취향의 사람들에게 살아 있는 세계여행 정보를 많이 얻으며 여행 정비를 할 수 있다고 했다.

장기 여행 중인 느긋한 프리다이버들 틈 속에서, 나는 사고 이후 첫 프리다이빙을 시작했다. 일단 프리다이빙을 계속할 수 있는 몸 상태임을 확인하고 나니 안도의 한숨이 나왔다. 혹시 모를 최악의 시나리오를 대비해 가지고 왔던 스쿠버 장비는 모두 다른 여행자들에게 팔거나 나눠줘서 짐은 더 가벼워졌다.

이렇게 한 달 반 동안 마음의 여행 정비를 마친 뒤, 인도네시아의 길리 트라왕안Gili Trawangan 섬으로 이동했다. 사고 이전에 여기서 프리다이버 요기니인 케이트 미들턴에게 요가를 배우며 케이트의 프리다이빙 트레이닝 보트에도 동행하고, 프리다이빙 센터에 있는 풀에서 수영도 하며 지냈던 평화로운 기억이 떠올라서였다. 여기서 만난 프리다이빙 강사들은 내 사고 소식을 듣고 위로의 문자를 보내주기도 했었다. 그들이 생각났다. 만나고 싶었다.

그렇게 도착한 길리 트라왕안에서 니코와 니코의 여자친구를 만났다. 프리다이빙 강사인 니코와 요가 강사인 니코의 여자친구는 둘 다 파리에서 다니던 직장을 그만두고 여기와 있었기 때문에, 자신들과 비슷한 나의 인생 여정에 동병상련을 느끼며 나의 미지의 행로에 관심을 보였다. 니코는 나에게 그리스 칼라마타Kalamata에 가보라고 했다. 칼라마타는 안전한 시스템을 갖추고 프리다이빙 대회를 주최하는 곳으로 명성이 나 있고, 곧 그곳에서 작은 대회가 열릴 거라고 했다.

프리다이빙을 버킷리스트의 첫 자리에 둔 나였지만,

사실은 아직 블랙아웃 사고의 후유증에서 벗어나지 못했던 때였다. 상처가 깊은 만큼 바다를 향한 내 마음은 심통과 오기로 가득 차 있는 동시에 바다가 너무 무서웠다. 하지만 버킷리스트 1번을 완수하기 위해서라도 나는 다시 도전해야 했다. 5미터든 10미터든 얕은 수심 도전으로 프리다이빙 대회에서 안전하게 화이트 카드[*](나에게는 "이제 이만하면 됐다. 놓아주고 다시 갈 길 가거라"라는 의미를 줄 카드)를 받고 프리다이빙과는 안녕하기로 다짐한 채, 이틀 후 비행기 티켓을 샀다.

---

[*] 프리다이빙에서 타깃 다이빙 성공을 인증하는 카드.

수중 동굴에서 열린 사진 전시회

5월에 도착한 내 생애 첫 지중해. 태양과 어우러진 하늘과 바다는 누가 누가 더 눈부시게 푸른지 경쟁하는 듯했다. 물감으로 풀어놓은 듯한 코발트 빛깔의 파란 바다와 하얀색 지중해풍 집들의 조화는 우울했던 내 마음에 잔잔한 빛을 가져다주었다. 거기에 '정열'이라는 꽃말을 가진 꽃답게 빨간색 진분홍색 등 정열적인 색으로 활짝 핀 부겐빌레아가 마을 곳곳 담장을 타고 올라가는 모습은 나의 삶에 다시 정열의 씨앗을 뿌려주는 듯했다. 자연에 새삼 눈을 돌리며 움츠린 마음이 기지개를 켜기 시작했다.

처음 계획한 여행 기간은 3주였다. 무사히 화이트 카드도 받으며 대회를 마무리하던 중, 바다가 새롭게 보였다. 심통과 오기로 가득 차 있던 마음을 이끌고 바다로 향했던 나를 치유해준 의사는 다름 아닌 바다였다. 놀라운 깨달음이었다. 알아채지 못했지만 3주 동안 나는 정말 많이 치유되어 있었다. 이곳에 더 머물고 싶었다.

　　그렇게 칼라마타에서의 첫 프리다이빙 여행은 3주에서 3개월이 되었다. 그 뒤로도 나는 두 번 더 칼라마타를 찾았다. 두 번째 여행은 세계 챔피언이 운영하는 프리다이빙 센터에서 스태프로 일하자는 제의를 받아 5개월 동안 머물렀고, 세 번째 여행은 EBS 〈세계 테마 기행〉에서 제2의 다이빙 고향으로 소개하기 위해 방문했다. 이렇게 칼라마타와 나의 인연은 계속 이어졌다.

　　그리스에서의 인상 깊은 기억이 또 하나 있다. 2018년, 영화 〈그랑블루〉 촬영 30주년을 기념하고자 영화 촬영지인 그리스 아모르고스^Amorgos 섬에서 프리다이빙 대회, 수중 갤러리, 칵테일 파티, 와인 테이스팅 등 여러 가지 기념행사가 열렸다. 나는 그리스와의 인연 덕분에 수중 갤러리 행사에 유일한 외국인 스태프로 초대되었다.

　　바다, 프리다이빙, 예술이 만난 이색 수중 갤러리는 스테파노 콘토스라는 그리스 프리다이버 사진작가가 에게해 3~31미터 수심에서 2년 동안 촬영한 사진 작품들을 소개하는 전시였다. 스테파노는 단 한 번의 숨으로 다이빙을 하여 바다 아래로 내려가 그리스 바다의 숨겨진 아름다움을 사진으로 담는 작가였다. 수중 갤러리는 그의 오랜 꿈이었는데

다른 프리다이버들의 도움으로 실현할 수 있게 된 것이다.

　　파랗고 하얀 건물들로 둘러싸인 섬 풍경 위로 뜨거운 햇살이 기분 좋게 내리쬐는 지중해의 날씨를 만끽하는 그리스인들의 삶은 흥과 여유가 넘쳤다. 노을이 지는 가운데 아모르고스 섬 한가운데 있는 아쿠아 페트라 호텔에서는 야외 전시회가 열리고 있었다. 그리스 언론에서도 최초로 시도하는 프리다이버의 수중 갤러리를 취재하러 많은 이들이 몰려와 북적댔다.

　　무알코올 칵테일 파티와 함께 야간 수중 갤러리 행사가 이어졌다. 야외 전시회 감상만 계획한 관객은 시원한 해변 드레스 차림에 칵테일 잔을 우아하게 손에 끼고 작품 앞에 서서 그리스 바다 속을 간접 여행했다. 반면, 야간 수중 갤러리 감상을 계획한 관객들은 어둠이 가라앉기 시작하자 슬슬 마스크와 스노클*을 챙겨 보트에 올라 밤바다에 뛰어들 준비를 시작했다.

　　스태프들은 호텔 야외 전시장에서 400미터 남짓 떨어진 곳인 수중 동굴로 미리 출발해 작품들을 놓아둔 이젤에 야간 특수 조명을 설치하며 환상의 바다 속 전시회를 준비했

---

* 　스노클링을 할 때 사용하는 잠수용 호흡관.

다. 우리 여덟 명의 프리다이버 스태프들은 수심 7~17미터에 있는 수중 동굴에 수중 갤러리에 필요한 모든 설치를 스쿠버 장비 도움 없이 해냈다. 설치가 끝난 동굴 속 풍경은 마치 불이 하나둘 켜지며 승선 준비를 시작하는 우주선 같았다. 플랑크톤도 밤 손님 맞이에 바빴다.

물론 전시의 모든 순간이 순탄하게 흘러가지만은 않았다. 크기가 큰 작품들이 점점 세지는 물살을 버티지 못해 쓰러지기 시작한 것이다. 상황을 수습하느라 아등바등했지만 "숨을 참고 예술 작품 감상에 몰두하다 보니 더욱더 차분해지고 릴렉스가 되면서 초현실적인 경험을 했어요"라는 프리다이빙 선수 관객의 소감을 들으니 애썼던 기억은 모두 잊혀졌다.

프리다이버 관객이건 스쿠버 관객이건 스노클러 관객이건, 모두 이 한여름 밤 지중해에 몸을 띄운 채 해수면 공기를 마시며 이색적인 동네잔치에 함께 젖어가는 것만으로도 행복해 보였다.

낮 동안 데워져 따뜻하지만 어둑어둑한 물 속에서 조명 불빛에 빛나는 사진 작품을 보고 있자니, 문득 〈그랑블루〉에 나오는 유명한 대사가 떠올랐다.

조안나: 다이빙할 때 어떤 기분이 드나요?

자크: 낙하 없이 미끄러지는 기분이에요. 가장 힘들 때는 바다 맨 밑에 있을 때예요.

조안나: 왜죠?

자크: 다시 수면으로 올라와야 할 이유를 찾아야 하거든요. 그런데 저는 그걸 찾기가 어렵네요.

다른 스태프들도 손님을 배웅하고 조명을 철거했으나, 육지로 돌아가고 싶지 않은 모양이었다. 그리스인 일곱 명과 나는 바다 위에 설치한 플랫폼에 둘러앉아 도란도란 이야기를 나누며 아쉬운 마음을 보내지 못하고 있었다. 쏟아지는 별빛, 바다 속에서 새어 나오는 불빛을 만끽하다 보니 나는 그만 흥에 겨워 평소에 좋아하던 바로크 시대의 음악가인 헨델의 오페라에 나오는 아리아를 부르기 시작했다. 한밤중에, 바다 한가운데에서 열린 콘서트를 마지막으로 우리는 이 순간을 가슴속에 담았다.

우리는 새벽 1시가 되어서야 출수했다. 물 안에서 아홉 시간가량 있다 나온 이들의 얼굴은 모두 평온하고 행복해 보였다. 바다가 준 에너지 때문이었을까? 똘똘 뭉친 의리와 우정이 준 에너지 때문이었을까? 프리다이버가 아홉 시간을 저렇게 행복한 얼굴을 하고 물속에서 버틸 수 있다는 걸 처음 확인하는 경이로운 순간이었다.

　　바다를 사랑하는 이들과, 또 자연과 더불어 행복한 삶을 느끼게 해준 프리다이빙을 버킷리스트 1번으로 적어두길 정말 잘했다.

얼떨결에 도미니카

인생은 항로도 없이 그저 물 흐르듯 바람 따라 흘러가고 있었다. 태국, 인도네시아, 그리스, 크로아티아, 터키에서 여전히 버킷리스트 1번인 프리다이빙을 하고 있었지만 전혀 질리지 않았다. 오히려 더 깊이 프리다이빙에 빠져들고 있었다.

　　그리스와 크로아티아에서 함께 트레이닝을 하며 룸메이트로 생활했던 일본인 프리다이버 토모카 후쿠다와 느긋한 점심을 즐기던 때였다. 토모카는 여성 다이버로서는 세계에서 네 번째로 CWT* 종목에서 수심 100미터 다이빙에 성공한 다이버였는데, 하루에 와인 한 병을 마셔야만 잠을 청하는 애주가였다. 크로아티아에서 함께 묵었던 숙소는 100

---

* Constant Weight with fins(CWT): 프리다이빙에서 가장 일반적인 종목으로, 보통 '콘스턴트 웨이트'라고 부른다. 하강과 상승에서 동일한 웨이트(무게추)를 사용하며, 하강 라인을 잡아당기지 않고 핀(오리발)을 사용하여 하강하고 상승한다. 단, 하강을 멈추고 상승을 시작할 때는 정지를 위해 라인을 당길 수 있다.

년 된 집으로, 바닷가에 있는 친구 어머니의 별장이었다. 연륜에 어울리게 넝쿨이 수놓아진 벽으로 둘러진 집 앞마당에는 무화과와 청포도가 주렁주렁 열려 있었고, 그 곁에는 식탁보가 정갈하게 깔린 테이블이 있었다. 토모카와 나는 그 테이블에 앉아 옆집 와인 창고에서 사온 와인 7리터를 마시며 점심부터 저녁까지 수다를 떨었다.

와인이 거의 바닥을 보일 즈음이었다. 토모카는 똘망똘망한 눈으로 나를 쳐다보며 말했다. "도미니카라고 들어봤어? 거기에 가면 캠핑하면서 프리다이빙을 할 수 있대! 내 친구 조녀선이 곧 거기서 처음으로 국제 프리다이빙 대회를 열 거라는데 같이 가지 않을래?" 와인은 바닥이 났는데 그녀의 눈빛은 흐트러지기는커녕 더욱더 초롱초롱해졌다.

캠핑. 내 버킷리스트 4번이었다. 우리는 술에 취해 분위기에 취해 함께 도미니카로 떠나기로 결의(?)했다. 하지만 도미니카 여행 운을 띄웠던 당사자는 지카 바이러스를 우려해 포기했고, 나만 도미니카 행 비행기에 몸을 실었다.

카리브해. 해적이 진짜 있는지 궁금했던 그곳에 드디어 첫발을 내디뎠다. 앨리스가 원더랜드로 들어가는 다른 세계 문을 열듯, 지중해에만 머물렀던 나의 바다 세계에 카리브해라는 원더랜드 문이 활짝 열리는 순간이었다. 도미니카

는 뜨거운 태양 아래 카리브해와 검은 모래 해변, 허름한 낚시 보트와 대비되는 알록달록한 예쁜 건물, 천혜의 자연 자원을 이용한 관광자원이 풍부한 곳이었다. 때 묻지 않은 작은 마을에 사는 사람들이 가벼운 럼과 음악과 춤을 즐기는 모습은 나의 마음을 훔쳤다. 훼손되지 않은 자연 속에서 사람들이 삶을 영위해가는 이곳은 지상낙원이었다.

공항에 픽업 나온 캠핑장 주인 베빈은 검은 피부와 유난히 돋보이는 하얀 이를 드러내며 환하게 웃고 있었다.

우리는 영화 〈바그다드 카페〉에서나 나올 법한 창문 없는 지프 차로 굽이굽이 고개를 넘어 정글 속 캠핑장에 도착했다. 앨리스가 다른 세계 문을 열어 도착한 곳은 영화 〈쥬라기 공원〉의 한 장면을 연상케 하는 원초적인 열대우림 속이었다. 운무에 가려진 가늘고 막대 같은 침엽수가 우거진 산악 열대우림의 풍광은 나를 압도하고 있었다. 할아버지, 아버지 대대로 물려받은 땅에서 힐링 캠핑장을 운영하고 있다고 말하는 베빈의 눈빛에는 애정과 자부심이 가득했다.

한 달 반 동안 보금자리가 되어준 텐트 앞에는 아보카도 나무가 있었는데, 익은 아보카도는 곧바로 따서 먹을 수 있었다. 전용 유기농 정원이 따로 없었다. 그곳에서 난 음식을 먹고 신선한 공기를 마음껏 마시며 보낸 정글에서의 시간은 태곳적 아담과 이브로 돌아간 듯한 착각을 일으켰다. 비

록 이브 혼자 착각을 만끽해야 해서 안타까웠지만, 바다는 늘 아담 이상으로 그 자리를 채워주었다.

전기가 없는 텐트에서의 생활은 정글 삶의 진수였다. 삼림이 울창하고 습도가 높은 정글 숲에는 다양한 곤충 이웃들이 살고 있었다. 그리고 동물들도 동물원에서 보는 것과는 사뭇 다른 느낌으로 생생한 그들의 삶을 이웃 주민으로서 지켜볼 수 있게 해주었다. 덕분에 평소에는 보지 못할 거대한 이구아나를 비롯한 열대우림에서 살아가는 파충류와 자주 인사를 나누다 보니 그들의 미모를 알아볼 수 있는 눈이 생겼다.

해 질 무렵 텐트 앞에서 요가를 하다가, 해가 지면 풀벌레 우는 소리와 파충류가 텐트 옆을 거니는 소리를 배경음악 삼아 헤드 랜턴의 불빛에 의지하며 책을 보다 잠이 들었다. 해가 뜨면 새들의 아카펠라를 들으며 일어나 캠핑장에서 10분 거리에 있는 야외 온천으로 향했다. 캠핑장을 나서면 농사를 짓는 소박한 사람들과 해맑게 웃는 아이들이 있었고, 소들은 한가로이 풀을 뜯고 있었다. 입가에 잔잔한 미소를 머금고 서정적인 풍경을 따라 온천욕을 하러 가는 그 길은 온전히 자연과 대면하는 길이었다.

태고의 원시 자연이 간직된 온천 주변은 당연히 숲이었다. 자연 그대로의 따뜻한 온천수에 몸을 담고 있으면 풀

내음과 새소리가 더 잘 느껴졌다. 고요한 대자연 속에서 혼자 고요히 앉아 눈을 감고 있으면, 마음이 비워지고 도시의 삶에서 아팠던 마음이 치유되는 듯했다. 자살하기로 마음먹었던 나는 어디 있나 싶었다. 이렇게 자연을 느끼며 느긋하게 그날의 다이빙 준비를 시작하는 건 당연한 루틴이 되었다.

다이빙을 다녀오면 정글에서 개운하게 샤워를 한 후, 직접 나무에서 바로 딴 코코넛 워터와 신선한 구아버* 주스를 마시며 아침에 미리 주문한 점심을 기다렸다. 캠핑장에서 운영하는 레스토랑에서는 여기서 나는 식재료를 활용해 음식을 만들고 있었다. 바나나, 코코넛, 카카오, 허브 등을 바로 나무에서 따와 점심을 만드는 데 사용했다. 애피타이저로는 유기농 재료들과 어우러진 랍스터 샐러드, 메인 요리는 아침에 마을 어부에게서 사온 생선을 갓 구워 라임을 곁들인 요리와 검은콩 요리, 거기에 플랜틴** 튀김의 깊은 맛과 고소함이 더해져 도미니카 자연이 통째로 내 몸속에 흡수되는 것 같았다. 베빈은 과즙이 듬뿍 담긴 망고 디저트와 도미니카에서 최고라고 자부하는, 직접 만든 '카나와 럼 펀치'를 귀여운 잔에 담아 마치 우리나라 인삼주처럼 내오는 정도 잊지 않았다.

---

* guava: 서양배를 닮은 열대 과일.

** plantain: 열대 국가에서 자라는 바나나로, 주로 요리에 쓰인다.

해 질 무렵엔 캠핑장 식구들과 샴페인 비치champagne beach로 향했다. 현재도 화산 활동이 왕성한 이곳에서는 거품이 땅에서 뽀글뽀글 올라오는 것이 생생하게 보였다. 그래서 바다 안에 있으면 마치 샴페인 잔에 들어와 앉아 있는 것 같았다. 또 해변 모래는 따뜻한 구들장 온수 매트가 따로 없었다. 우리는 해변에 다리만 물에 잠길 정도로 철푸덕 누워서 바다로 가라앉는 석양과 쏟아지는 별을 바라보곤 했다.

또 블랙아웃, 하지만 다른 결말

프리다이빙 대회 참가도 도미니카에 온 이유 중 하나였다. 내가 머물고 있는 캠핑장에는 나를 포함하여 아르헨티나, 프랑스 등 국적은 다르지만 프리다이버라는 공통분모를 가진 일곱 명이 국제 프리다이빙 대회에 참여하기 위해 캠핑을 하고 있었다. 10분 정도 내리막길을 가면 바로 다이빙 포인트가 있었기 때문에 아침마다 함께 장비를 챙겨 바다로 걸어 내려가는 발걸음은 즐겁기 그지없었다.

도미니카는 평균기온 26~32도에 고온 다습한 열대 몬순 기후에 속해 있어 일년 내내 덥고 비가 많이 오지만, 북동 무역풍이 불기 때문에 비교적 더위를 견디기 쉬운 곳이었다. 안타깝게도 열대성 저기압인 허리케인의 영향을 자주 받아 2년 전 허리케인 마리아의 영향으로 큰 피해를 입어 재건에 어려움을 겪고 있었다. 도미니카에 프리다이빙 센터를 열고

현지인과 돈독한 관계를 유지하고 있던 조녀선은 이들의 재건을 돕고자 삭발식을 하며 SNS를 통해 기부금 조성에 노력을 기울이기도 했다.

이 대회에는 그동안 참여했던 대회에서 볼 수 없었던 신선한 이벤트가 있었다. 바로 '비치 클리닝 데이'였다. 아직 환경보호에 대한 의식이 깨어 있지 않은 도미니카에 자연 환경보호 캠페인을 제안해 선수들과 현지인들이 함께 해변과 바다 속에 버려진 쓰레기를 줍는 이벤트를 기획한 것이다. 비치 클리닝 데이뿐만 아니라 대회의 여러 풍경마다 현지인과 어떻게 협조하고 어우러질 것인지 고민한 흔적이 보였다. 로컬 식당 주인 아주머니가 상패를 전달하는 시상자 역할을 하는 등 조녀선은 현지인들에게 프리다이빙을 가르쳐 도미니카인을 최초로 대회에 참가하게 독려하며 함께하는 문화를 만들어가는 데 힘쓰고 있었다.

한편, 나에게는 대회 준비 중 또 블랙아웃이 찾아왔다. 그것도 3일 사이에 두 번이나. 아픈 기억이 있는 CNF 종목에서 찾아온 블랙아웃은 트라우마를 불러왔다. 부끄러움을 넘어 어리석었던 나 자신이 두렵기까지 해 눈물이 흘렀다.

그러나 교훈도 찾아왔다. 기쁘고 흥분해 들뜬 마음과는 다르게 지쳐가는 몸 상태를 인지하며 다이빙을 하고 있었는지 나 자신에게 물어봐야 한다는 점을 깨달은 것이다. 나는 그동안 혹사시킨 내 몸을 사랑으로 더욱 아껴주겠다고 나 자신에게 약속했다.

국가 신기록 달성을 시도했던 FIM* 종목에서 온 블랙아웃은 내가 진정으로 즐거움을 위해 프리다이빙 트레이닝을 하고 있었는지 돌아보게 해주었다. 그때는 이미 열 차례 이상 한국 신기록을 달성한 때였는데, 이 기록은 누군가에 의해 또 깨지기 위해 있다는 걸 이해하던 차였다. 대회에서 어떠한 성과를 남기는지는 더 이상 중요하지 않았다.

예전 블랙아웃이 나에게 두 번째 삶의 기회를 줬다면, 이번 블랙아웃은 행복 충만하게 프리다이빙을 즐길 수 있는 프리다이버로 진화할 수 있는 기회를 주었다. 신기록 대신 안정적인 수심을 설정해 대회에 참가하는 약간의 여유. 이 느긋함이 프리다이빙을 더 재미있게 만들어준다는 걸 배운 것이다.

이렇게 얼떨결에 온 도미니카 여행은 프리다이빙이라는 도구가 나를 더 행복하게 만들어줄 수도, 반대로 더 불행하게 만들어줄 수도 있다는 교훈을 주었다. 지금도 밤이 되

---

* Free Immersion(FIM): 보통 '에프아이엠' 또는 '프리 이머전'이라고 부른다. 핀(오리발) 없이 줄을 당겨 하강, 상승하는 프리다이빙 종목으로, 천천히 릴렉스를 유지하며 하강하기 좋아 처음 프리다이빙을 배울 때와 웜업 다이빙에서 주로 한다.

면 캠핑장 텐트 안에서 녹음했던 풀벌레 소리와 이구아나가 기어가는 소리를 틀어두고 도미니카의 교훈을 되살리며 별빛에 물들곤 한다.

바다 위에서 사는 사람들, 바자우족

2018년 1월, 이집트 다합^{Dahab}에서 머무르던 여행 중반 어느 날이었다. 그때 나는 한동안 프리다이빙 트레이닝과 대회에 집중하며 시간을 보내고 있었다. 트레이닝은 정돈된 계획 속에서 진행되는지라 바다를 '즐기는' 데에는 많은 절제가 뒤따라야 했다. 60미터 이상의 깊은 수심에서는 7기압 이상의 압력을 받기 때문에, 다이빙을 하기 전날에는 최상의 컨디션을 유지하기 위해 몸을 더 편안하게 해줘야 한다. 따라서 바다에서 보내는 시간도 제한해야 했다. 다이빙을 한 후에는 감압으로 인한 사고를 방지하기 위해 그날은 더 이상 다이빙도 하지 않았다.

이렇게 다이빙 경험이 쌓일수록 나는 점점 더 보수적인 다이빙을 선호하고 있었다. 뭔가 인위적이었다. '그냥 바다에서 오래 머물며 자연스럽게 살 수 있는 방법은 없을까?'

저녁 옷으로 갈아입은 다합 해변에서 명상 시간이 끝난 어느 늦은 오후, 다합에서 만난 친구 세니에게 바자우족 이야기를 전해 들었다. 스위스에서 온 프리다이버 세니는 북유럽 해양 생물학자인 에리카 샤타게이에게서 바자우족 이야기를 처음 들었다고 했다.

바자우^{Bajau}족은 인도네시아와 필리핀 남부를 비롯한 동남아시아의 섬과 해안에 살고 있는 부족이다. 천 년이 넘도록 작살을 이용해 물고기를 사냥하며 바다를 삶의 터전으로 살아온, 온전히 바다와 한평생을 함께하는 사람들이었다.

에리카 샤타게이는 이런 바자우족의 프리다이빙에 관심을 갖고 바자우족 마을에 거주하며 그들의 생활을 연구하고 있었다. 세니는 그 이야기를 듣고 5년에 걸쳐 그곳을 세 번 방문했고, 현지인 친구들도 많이 생겼다고 했다. 바자우족 친구들이 보고 싶다는 그는 나에게 지도를 보여주며 이런저런 설명을 해주었다.

그리고 다음 해인 2019년 봄, 나는 한국 진안에 있는 위빠사나 명상 센터에서 명상 코스를 마친 후 세니에게 대뜸 문자를 보냈다. (세니는 예전에 한국에 위빠사나 명상 센터가 있는지 궁금해서 찾아본 적이 있었고, 그때 알게 된 센터를 나에게 알려주었다)

"그 친구들 만나러 가자!"

이렇게 밑도 끝도 없는 내 제안으로 바자우족 마을인

삼펠라Sampela로 떠나는 10일간의 여행이 시작되었다. 삼펠라 마을은 아름다운 적도의 바다 인도네시아 술라웨시Sulawesi 주 남동쪽에 위치한 와카토비Wakatobi 해양국립공원에 속해 있는 칼레두파Kaledupa 섬에서 3킬로미터 떨어진 곳에 있었다.

세니는 바자우족 친구들을 다시 만날 마음에 어린아이처럼 무척 설레하며 선물로 바자우족의 생계인 낚시를 하는 데 유용한 장비와 그들의 모습이 담겨 있는 사진을 정성스럽게 준비했다.

드디어 전 여행지에서 마나도Manado와 마카사르Makassar를 거쳐 왕이왕이Wangi-wangi 섬으로 비행기를 세 번 타고 도착해 항구로 이동했다. 세니의 바자우족 친구 퐁당과 라소리가 항구에 모터보트를 가지고 마중 나와 있었다. 세니와는 오랜 인연인 퐁당은 아버지의 가업을 이어가고 있는 어부이자 두 아이를 둔 가장이었다. 갓 태어난 둘째 딸 푸트라의 분윳값을 벌기 위해 분주한 그였지만, 세니를 만나기 위해 절친인 라소니와 함께 기꺼이 항구로 나와 주었다. 해 질 무렵 보트를 타고 두 시간을 달리다 보니, 드디어 수상 가옥이 보이기 시작했다.

바닷가 마을 사람들의 집은 낯설고 신기했다. 나무 널빤지에 구멍 하나 뚫린 채 공중에 떠 있는 수상 화장실, 식탁

없는 부엌, 전기는 온 마을에 저녁 6시부터 9시까지 세 시간만 들어왔다. 내 세계여행의 종착지가 될, 생을 마감하고 싶었던 바닷가 마을에 정말 왔다고 생각하니 설레서 잠을 이룰 수 없었다.

다음 날, 마을 구경을 나갔다. 이 작은 마을에는 있어야 할 모든 것이 다 있었다. 병원, 학교, 상점들은 물론, 이슬람 사원, 족구장도 있었다. 물 위에 산호 돌을 모아다 기반을 만들고 사면에 그물을 친 족구장은 아이 어른 할 것 없이 인기가 무척 좋아 보였다. 어쩌다 공이 그물 밖으로 나가면 바로 풍덩 물에 들어가서 공을 건져와 경기를 계속했다.

집과 집 사이에는 정부에서 제공한 나무로 길을 냈는데, 상태가 고르지 않아 곧 무너져 내릴 것만 같았다. 그래서 다리를 건널 때마다 가슴이 콩당콩당 뛰곤 했다. 주민들은 이런 우리를 보고 "하티, 하티(조심해)"를 연발하여 이방인을 도와주려 했다.

집들은 매우 단순하고 약해 보였다. 바닷물 때문에 부식 현상이 일어나 매년 교체를 한다고 했다. 대부분의 집에는 베란다처럼 생긴 작은 공간이 집과 연결되어 있었는데, 이곳은 더없이 좋은 모임 장소였다. 마을 아이들은 이곳에서 1980, 90년대에 했을 법한 아날로그식 놀이를 하며 깔깔 웃어댔고, 이 웃음소리는 마을을 가득 채웠다. 어른들도 이 베란다에서 모여 앉아 도란도란 이야기꽃을 피웠다.

　나는 다이빙을 다녀와서 퐁당이 베란다에 설치해둔 해먹에 누워 책을 읽거나 마을을 바라보는 시간을 무척이나 즐겼다. 그럴 때면 쿤당의 딸 차하야가 공을 들고 달려와 말을 걸며, 바자우족 언어로 숫자 세는 방법을 알려주곤 했다. 차하야의 수줍은 미소는 유독 나의 눈길을 사로잡았다. 어떤 날은 '바자우족 표 선크림'을 얼굴에 한껏 발라 치장한 퐁당의 아내가 반갑게 달려와 주스를 주고 가기도 했다.

　이곳 사람들은 대부분 건강하고 튼튼한 미소를 얼굴에 머금고 있었다. 출근 시간에 서울 지하철에서 봤던 사람들, 입시 지옥에 살고 있는 아이들에게서는 볼 수 없는 얼굴이었다. 길에서 외국인을 만나면 몇 마디라도 말을 걸어보고 싶어 안달이 난 사람처럼 반갑게 맞아주었다. 온 마을에 사람 사는 냄새가 묻어나는 한 장면에 들어와 있는 듯했다.

　이곳에서는 샤워나 다이빙 장비 세척은 생각도 할 수 없었다. 빗물을 받아둔 큰 드럼통에서 물 한 바가지만 온몸에 끼얹으며 "프레시, 프레시(Fresh, Fresh)"를 외치면 끝이었다. 이것이 이들의 샤워 방식이었다. 아낙네들이 옆 마을에서 직접 배를 타고 노를 저어 물을 힘들게 길어오는 생활 모습을 목격한 터라, 다이버에게 내 몸보다 소중하다고 표현하는 장비 세척마저도 일찌감치 마음 접은 지 오래였다. 점점 물과 전기를 포함한 모든 자원이 소중해지기 시작했고, 자연스럽게 자연에서 살아가는 방식에 적응해가고 있었다. 물 위에 공중 부양해 있는 화장실 문화에 적응하는 것도 포함해서 말이다. 그러나 걷기보다 수영을 먼저 배운다는 바자우족의 아들답게 퐁당의 다섯 살짜리 큰아들이 더울 때마다 집 앞마당(?)에 풍덩 뛰어드는 장면을 목격할 때는 여전히 입이 떡 벌어지곤 했다.

요기니의 물고기 잡기 프로젝트

새벽 4시. 이슬람교 기도 소리가 섬에 울려 퍼지면 닭들의 노래자랑이 서서히 시작된다. 새로운 환경에 적응해감에 따라 새벽 4시면 자동으로 눈이 떠졌다. 해 뜰 무렵의 기운을 느끼기 위해 창가에 편한 자세를 잡고 앉아 명상을 했다. 머릿속이 온통 복잡한 이런저런 생각으로 가득 찼다. 내 마음속의 원숭이가 이리저리 날뛰는 듯했다. 처음 위빠사나 명상을 시작했을 때의 상태와 비슷했다. 마음속에서 뭔가 불편한 문제가 일어난 것이다.

나는 살생을 하면 안 된다고 배운 요가 수련생이지만, 오늘은 꼭 물고기를 잡자는 각오를 다졌다. 이곳에 오기 전 북 술라웨시 렘베Lembe 해협에서 3일 동안 캠핑을 했는데, 그곳에서 만난 현지인 친구들이 물고기 잡는 방법을 알려주었을 때 몇 가지 불편한 사실을 알게 되었다. 그 불편함은 나의

물고기 잡기 프로젝트 동기를 상실하게 했다. 첫 번째, 물고기 잡는 것에 집중하기 위해서는 바닥에 누운 자세를 취하고 산호를 잡고 있어야 하는 상황이 생기기도 한다는 것이다. 프리다이빙을 할 때 산호를 핀으로라도 건드리면 안 된다고 배웠는데 말이다. 충격이었다. 두 번째, 살생하지 말라는 요가 금계 사항 중 첫 번째인 '아힘사ahimsā'가 마음에 걸렸다. 그러나 오늘은 맘을 다잡았다. 어렵게 결심한 삶의 준비 1단계를 시험할 기회가 왔는데, 이렇게 주저앉을 순 없었다. 난 물고기를 잡아야 한다. 나의 미래 생계를 위하여!

굳은 결심 후, 드디어 물고기에게 과녁을 겨눌 수 있었다. 슬프고 놀랍게도, 나는 물고기 눈에 창살을 단 한 번에 명중시킬 정도로 재능이 뛰어났다. 과녁을 명중하면 기분이 좋아야 하는데 뭔가 알 수 없는 이상야릇한 느낌이 들기 시작했다. 내가 살인마가 된 것 같았다. 창살을 쏘는 장면까지는 액션영화에 가까웠지만, 작살을 쏜 이후에는 공포영화로 장르가 바뀌었다. 물고기가 도망가지 못하게 눈 또는 아가미를 두 손가락으로 꽉 잡은 후 머리에 칼을 꽂아 확인 사살을 하라고 퐁당이 친절히 알려주었다. 이 방법이 물고기가 마지막 숨을 헐떡이고는 편안히 운명을 달리할 수 있게 도와주는 것이라 했다.

이 대목은 나를 다시 시험에 빠뜨렸다. 밤에 잠자리에

들기 전 다시 한번 고민을 시작했다. 어렵게 결심한 삶의 준비 1단계 시험 기회를 여기서 끝낼 것인가. 공포영화를 계속 찍으러 나갈 것인가. 다시 방황의 길로 가고 싶지 않다면, 이 공포영화의 주인공이 되는 운명을 견뎌야 했다. '처음이 어렵지 경험이 쌓이면 느낌이 사라지겠지? 바닷가에서 계속 살고 싶으면 난 물고기를 잡아야 해.'

날이 밝았다. 오늘의 미션은 물고기를 잡아서 해체해보는 것이었다. 물고기를 잡으러 내려간 바다에서 나는 뜻밖의 세계를 만났다. 프리다이빙 트레이닝은 한정된 장소에서 수직으로 내려가기 때문에 바다와 만난다는 느낌보다는 나의 내면과 만나는 느낌이 강하다. 그런데 눈 앞에 펼쳐진 바다 속 풍경은 드넓게 수평으로 펼쳐진 여행지를 자전거를 타고 달리는 듯한 느낌이었다. 늘 만났던 바다가 더없이 새롭고 특별하게 다가오는 순간이었다.

그러나 물고기 해체는 나에게 아직 힘든 일이었다. 아무래도 신선한 채소와 견과류로 밥상을 채워야 할 듯싶다. 이렇게 물고기 잡기 프로젝트는 끝이 났다.

다시는 하지 않으리라.

쿤당에게 배운 진정한 행복

바자우족 마을에 머무는 동안, 쿤당 가족은 퐁당 집 베란다에 매일 찾아와 세니와 이야기를 나누고 싶어했다. 쿤당은 나의 여행용 기타로 콜드플레이의 음악을 근사하게 연주해 사람들을 깜짝 놀라게 하기도 했다. 이때부터 나는 이 독특한 바자우족 친구가 궁금해지기 시작했다.

　　마침 쿤당 가족이 작은 집으로 우리를 초대했다. 쿤당 가족은 최대한 격식을 갖추어 정성스럽게 대접해주었다. 친히 마중 나와 준 낡은 배를 대고 사다리를 올라 문에 들어서자, 곱게 접은 사롱*을 건네주며 입거나 두르거나 덮으라고 알려주었다. 비가 와 추울까 걱정한 것 같기도 하고 스커트를 입고 앉기 불편해할까 봐 배려한 것 같기도 한, 아무튼 바

*　sarong: 주로 동남아시아 지역에서 스카프, 테이블보, 커튼으로 사용하는 천. 허리에 감아 치마로 활용하기도 한다.

자우족 문화에 무척이나 신경 써서 손님 맞이할 준비를 하고 있었던 기색이 역력해 보였다.

쿤당의 집은 방 한 칸만 한 크기였다. 가구도 없이 주방과 침실, 세탁실이 모두 한 공간에 있는 구조로, 거기서 네 식구가 행복하게 살고 있었다. 이 마을에서 가장 호화로운 집을 가진 동생 퐁당 집과는 정반대로 검소함이 묻어나는 집이었다. 또 마을 끝자락에 위치해 있어 더욱 바다와 연결된 느낌이 들었다. 이 가족의 삶은 물질적 풍요보다는 그들만의 행복을 누리며 사는 진정한 바자우족의 삶다워 보였다.

쿤당은 몇 해 전 사고를 당해 걸을 수 없을 정도의 부상을 입었지만, 많은 사람의 모금으로 수술을 받아 이제는 조금씩 걸을 수 있게 되어 매우 감사한 마음으로 살고 있었다. 풍파를 잘 견뎌낸 그는 무척 행복해 보였다.

쿤당은 나를 위해 세 가지 종류의 물고기로 하트 모양의 피시 케이크를 아내 소피아와 함께 직접 만들었다고 했다. 바자우족 전통 고글과 함께 검정 봉지에 꽁꽁 싼 피시 케이크를 내 손에 쥐여주면서, 오래 두고 먹어도 된다며 먼 길 가는 동안 비행기에서 먹으라고 일러주었다.

또 쿤당은 자신이 직접 쓰고 있는 간단한 바자우족 회화책을 가져가라며 건네주었다. 그동안 더듬더듬 아이들에게 배우던 단어들이 단정한 글씨체로 한눈에 보기 좋게 정리

되어 있었다. 바자우족에 관해 궁금한 게 많았지만, 말이 통하는 사람을 찾지 못하던 차에 영국식 영어를 유창하게 구사하고 있는 사람을 드디어 만난 것이다. 그는 바자우족 삶에 더 깊숙이 들어오고 싶어하는 외국인들을 위해 영어 사전을 만들고 있었다.

나는 그 회화책을 사진으로 찍고 한 면에 간단한 편지와 이메일 주소를 남기며 계속 이 책을 이어서 써달라고 부탁했다. 그리고 보답으로 나의 여행용 기타를 건넸다. 솜씨 좋은 기타 실력으로 딸 차하야에게 계속 음악을 들려달라는 부탁도 덧붙이며. 그리고 속으로는 다음에 다시 만났을 때는 부디 걸을 수 있는 모습으로 만나길 간절히 바랐다. 태어난 지 석 달 된 아이 나낭 세니, 여섯 살 차하야와 아내를 위해 씩씩한 아버지의 역할을 (물론 지금도 훌륭하지만!) 더 잘 해낼 수 있게 되길 바랐다.

집 방문을 마치고 나서려던 중, 차하야가 나의 심금을 울려버렸다. 차하야는 나를 꼭 안아주며 마지막 인사를 해주었다. 첫눈에 차하야의 해맑고 수줍은 미소에 푹 빠졌던 나를 꼬옥 감싸 안아주는 아이의 숨결이란…. 전기가 끊겨 어두워진 틈을 타 몰래 눈물을 훔치고 있었는데 아이가 눈치를 챈 듯했다. 역시 아이들의 눈을 속일 수는 없나 보다. 나는 떠나기도 전부터 진정으로 아이를 위해서 해줄 수 있는 게

무엇일지, 다음 방문 때는 무엇을 선물해주면 좋을지 고민하기 시작했다.

바닷가 마을에서 물고기를 잡아먹으며 사는 삶을 시도해보기 위해 감행된 이 여행은 나의 마음을 훨씬 풍성하게 채워주며 끝이 났다. 바다를 품고 사는 바다의 집시 바자우족은 문명화된 삶보다 자연과 합일된 삶, 즉 바다와 공생하는 삶이 진정한 행복을 가져다준다는 것을 깨달은 이들이었다.

2부

하강

프리폴을 할 때 나는
바다라는 드넓은 하늘을 나는 한 마리의 자유로운 새처럼
나를 놓아주며 고요에 내 몸을 맡긴다.
완전히 항복하는 것이다.

길리 트라왕안에서 빈야사로 흐르다

스트레칭은 프리다이버에겐 필수적인 운동이다. 매일 스트레칭에 많은 시간을 할애하던 중, 주변을 둘러보니 요가를 하는 프리다이버들이 정말 많았다. 지난 2여 년 동안 한국에서는 퇴근길에, 그리스나 프랑스를 여행할 때는 프리다이버 친구들을 따라 가끔 아쉬탕가 요가나 하타 요가를 해보긴 했지만, 진지하게 수련하지는 않았을 때였다. 요가든 스트레칭이든 찢고 늘리는 건 똑같아 보이는데 무슨 차이가 있는 걸까? 요가는 삼매 三昧, 해탈을 목표로 하는 정신 수련법이자 철학이라니 더 관심이 갔다. 프리다이빙을 하다 보면 자연스럽게 몸을 단련하여 마음을 제어하는 것에 관심이 생길 수밖에 없다. 몸과 마음은 연결되어 있으니 말이다.

　　호기심이란 씨앗은 급 요가 여행을 떠나는 싹으로 움텄다. 그럼 어디서, 누구에게 요가를 배울까? 나는 케이트 미들턴이 인도네시아에서 진행하는 '빈야사 플로우 요가' 강사 과정에 참여해보기로 했다. 국적이 세 개(뉴질랜드, 미국, 캐나다)인 케이트 미들턴은 97미터 수심 기록을 보유하고 있는 프리다이버였다. 프리다이버면서 요기니인 사람에게 요가 수련을 받으면 영감을 받을 수 있는 부분이 더 많을 것 같았다. 이렇게 2017년, 나의 본격적인 요가 수련이 시작되었다.

수업은 인도네시아의 북서부 해안에 있는 작은 롬복 Lombok 섬에 있는 길리 트라왕안 Gili Trawangan에서 열렸다. 투명한 물 색깔의 길리 트라왕안의 선착장에 도착하자 푸르른 인도양의 시원한 바다 풍경이 보드레한 미소를 품고 다시 찾아온 나를 반겨주는 것 같았다. 땡볕에 배낭을 멘 서양 커플이 삼삼오오 무거운 짐을 나르던 마차 사이를 지나다니고 있었다. 제물탑으로 보이는 음식, 꽃, 야자 잎 등을 겹겹이 쌓으며 향을 피우는 여성들의 모습을 보자 다시 이 섬에 온 실감이 났다. 신, 인간 그리고 자연의 조화로운 모습 속에서 피어난 그들만의 독특한 예술과 문화는 다시 봐도 신선했다.

케이트는 특별히 한 달 동안 내면에 집중하는 데 도움이 될 거라며 조용한 요가 스튜디오가 보이는 위치에 나의 방갈로를 마련해주었다. 아침에 마차 발굽 소리와 새소리에 눈을 떠 유기농 커피의 진한 향을 음미하며 고요한 심장 박동을 느끼고 있던 중, 바람에 살랑살랑 흔들리는 하얀 실루

엣 커튼 너머로 요가 스튜디오가 눈에 보였다. 온 사방이 탁 트여 있는 요가 스튜디오는 대자연의 숲 한가운데 있는 느낌이 드는, 초록빛과 연둣빛으로 잘 가꾸어진 정원 사이에서 평온한 에너지를 품어내고 있었다. 이 풍경을 바라보는 것만으로도 이미 마음이 평온해졌다.

요가 지도자 과정의 첫날이 밝았다. 점잖고 품위 있게 이미지 관리를 할 수 있는 풋풋한 자기소개가 끝났다. 케이트는 이때부터 흔히 상상할 수 있는 요가 수업의 풍경과는 전혀 다른 방식으로 오리엔테이션을 진행했다. 우리는 얌전을 떨며 어색해할 시간도 없이 케이트의 지휘에 따랐다. 케이트는 생전 처음 만나는 옆 동료와 마주 앉아 서로의 눈을 바라보라고 했다. 너무 어색했지만 눈에서 전해지는 마음들을 읽으며 점점 너와 나 사이의 경계가 사라져감을 느꼈다. 경계 허물기 게임은 사람 대 사람만이 아니라 사람 대 사람 아닌 존재로 점점 확장되었다.

"눈을 감고, 지금 이 순간 햇살과 공기를 느껴보세요. 내가 나비라고 상상하며 몸을 움직여보세요."

케이트의 안내에 따라 우리는 나비가 되기도 하고, 나무가 되기도 했다. 긴장되고 얼어 있던 내 마음은 점점 녹아들어 빈야사 플로우 요가 세계의 물줄기 속으로 흘러 들어가고 있었다.

첫 주는 이론 수업으로 채워졌다. 요가의 역사와 철학, 라자 요가, 하타 요가 등 수많은 요가 종류를 배워야 했다. 케이트는 자유롭게 토론하는 방식으로 이론 수업을 이끌어 갔는데, 한국의 강의식 교육방식에서 자라온 나는 처음에는 이 방식이 너무 힘들었다. 거기에 언어의 장벽까지 더해져 늘 꿀 먹은 벙어리처럼 앉아 있었다. 게다가 마지막 날엔 지금까지 배운 내용으로 시험까지 봐야 했다! 영어 수업으로 내용 숙지도 잘 안 된 상태인데, 거기다 배운 내용은 서술식으로 시험까지 봐야 하다니(그것도 영어로!). '여긴 어디? 난 누구?' 아름답던 길리 트라왕안은 거대한 우주가 되었고, 나는 무중력 무의지 상태로 시커먼 우주를 둥둥 떠다니는 우주 여행자가 되었다.

해부학 수업이 시작되면서 우주 여행자 동지들은 점점 늘어났다. 영어가 모국어인 수강생들도 해부학 앞에서는 우주로 점프해 들어올 수밖에 없었던 것이다. 아마도 이 수업에서 처음으로 우주 여행을 시작한 나는 우주에서 땅에 발을 디딜 방법으로 가장 한국인다운 방식을 택했다. 수업 녹취록을 풀고, 이를 닦을 때도 샤워할 때도 산스크리트어를 벽에 붙여놓고 외우고 또 외웠다. 어느새 나는 해부학과 산스크리트어 분야에서는 우수한 학생이 되어 있었다. 덕분에 나의 말문도, 자신감 문도 서서히 열렸다.

요가 강사 과정이니만큼, 실제로 요가 수업을 진행하는 법을 배우는 수업도 진행됐다. 하루는 케이트가 나에게 "비앙카(나는 천주교 세례명인 비앙카를 영어 이름으로 쓴다), 나를 처음 요가를 배우는 수련생이라고 가정하고 요가 매트를 어떻게 접는지 설명해주세요"라고 말했다. 내가 "매트 끝을 살짝 접은 후 돌돌 마세요" 하니, 케이트는 내가 생각했던 매트의 짧은 면이 아닌 긴 면을 잡더니 기다랗게 김밥을 말기 시작했다. 폭소가 터졌다. 케이트는 "이제부터는 정확한 표현을 써서 말로 하는 설명만으로 수련생이 동작을 따라 할 수 있게 가이드하는 방법을 실습해볼 거예요"라고 했다.

이것 말고도 우리는 목소리에 호흡을 실어 더 크게 전달하는 방법, 수련생의 동작을 손으로 터치해 교정하는 핸즈온 Hands-on 방법 등 요가 수업을 진행할 때 필요한 여러 기술을 배웠다. 아홉 수강생은 그룹을 지어 실습해보며 몸으로 감을 익혀 나갔다.

마지막 주는 수강생 모두가 30분씩 시퀀스를 구성해 본인의 주제를 담아내는 수업 시연 관문이 기다리고 있었다. 수업 시연에서 나의 장점을 더 많은 사람과 공유할 수 있는 방법을 찾고 싶었다. 그래서 '우디야나 반다 Uddiyana Bandha(복부 위로 조이기)를 이용한 프리다이버를 위한 요가'를 주제로 선정

했다. 프리다이버에게는 바다 깊이 내려갈수록 폐에 가해지는 높은 압력을 견디기 위해서 횡격막, 폐의 유연성이 절대적으로 필요하다. 우디야나 반다는 폐에 마사지를 해주며 기순환을 돕기 때문에 프리다이버에게 매우 효과적인 프라나야마 중 하나다.

그리고 사바아사나(송장 자세) 시간에 당시 즐겨 부르던 가야트리gayatri 만트라를 직접 부르기로 결심했다. 보통은 배경음악을 틀지만 나는 "우리 마음의 내적 지혜를 밝혀주소서"라는 메시지가 담긴 가야트리 만트라를 직접 부르며 마지막 사바아사나 시간을 마무리하고 싶었다. 지금 이곳에서 함께 요가 수업을 나누고 있는 이들 한 명 한 명을 위해 마음을 담아 나의 목소리를 지고의 자아에게 봉헌하고 싶었기 때문이다.

수업 시연이 끝나고 나는 케이트의 피드백을 기다렸다. 그러나 케이트는 피드백 대신 가야트리 만트라를 직접 부른 내 목소리를 듣는 순간 소름이 돋고 눈물이 흘렀다고 말했다. 나의 육성이 가슴을 어루만져 주어서 최고로 따뜻한 사바아사나 시간을 보낼 수 있었다고 했다. 어떤 학생들은 "비앙카가 직접 불렀다고요? 스피커에서 나온 음악 아니었어요?"라며 놀라기도 했다.

수없이 우주를 방황하고 덜덜 떨리는 마음을 붙잡으며

힘들게 준비한 수업이었는데, 놀랍게도 케이트는 구성과 진행 모두 안정감이 느껴지는 완벽한 수업이었다는 피드백을 주었다.

　나의 수업 시연을 마지막으로 모든 요가 강사 과정이 마무리되었다. 케이트를 비롯해 우리 열 명은 모두 조용히 눈물을 훔쳐내고 있었다. 정들었던 친구들과 헤어질 아쉬움과 이 과정을 무사히 끝마친 기쁨의 눈물이었다. 단지 국제 요가 지도자 자격증을 취득했다는 자만심이 아닌 살아 있는 삶이 느껴졌다. 어제의 나보다 나은 오늘의 나를 만나는 기쁨, 현재를 사는 기쁨을 느낀 순간들이었다. 행복의 열쇠는 이미 내 손에 들려 있었다. 그리고 나는 이제야 그 열쇠를 사용하는 법을 하나둘 배워가고 있음을 알아차리기 시작했다.

먹고 쉬고 사랑하라

두 번째 요가 여행은 2019년 1월, 세계여행을 하고 있을 때였다. 다음 행선지는 쉽게 정해졌다. '태권도를 배우려면 한국에, 요가를 배우려면 인도에 가야지!' 하지만 인도에는 상업적인 수단으로 전락해버린 요가 학원이 많다고 들었기에, 어디를 가야 할지 1년 동안 고민했다. 인도에서 요가 여행을 한 경험이 많은 친구 세니가 위빠사나 정신을 바탕으로 건강한 삶과 요가 과학을 연구하는 '아트마비카사 요가 과학 센터'(Atmavikasa Centre of Yogic Sciences)를 추천해줬다. 과연 여기가 내 시간과 돈을 투자할 가치가 있는 곳일지 깔끔하게 결정하신 못했지만, 손은 저 알아서 요가 과학 센터가 있는 마이소르Mysore행 비행기 표를 사고, 여행 짐을 꾸리고 있었다.

수업 첫날, 마이소르 거리에는 소들이 한가하게 거리

를 활보했다. 사리*를 곱게 둘러 입은 아낙네들이 앞마당에 물을 뿌리며 청소를 한 뒤 문 앞에 만다라를 곱게 그리면 하루의 해가 떠올랐다. 아침에 일어나 수업에 갈 준비를 하고 있는 그때까지도 내 눈빛은 의구심으로 가득했다. 하지만 그런 내 눈빛을 고운 비단 사리의 촉감처럼 바꿔준 사건이 일어났다.

내가 등록한 수업은 '300시간 하타 요가 지도자 과정'이었고, 오전 수업은 아사나Asana(요가 자세), 프라나야마pranayama(요가 호흡법), 명상 수련 후 45분에서 한 시간의 영양 공급 시간(아침 식사), 그리고 요가 철학, 산스크리트어, 만트라 등 요가 이론 수업으로 구성되어 있었다. 요일마다 시간이 달랐던 탓에 10분 일찍 도착했다고 생각했지만 5분을 지각해버렸다. 시간표를 대충 외운 내 잘못이었다. 철문은 가차 없이 자물쇠로 꽁꽁 잠겨 있었다. 철문 틈으로 보이는 신발장에는 신발이 가득했다. 믿을 수 없었다. '문을 열어달라고 소리쳐볼까?', '아니야, 요가 센터에서는 수업 전과 후에 침묵을 지키라 했는데 소리치는 건 개망신일 거야', '좀 기다리면 선생님이 나와 보시지 않을까?' 약 30분가량 굳게 닫힌 문 앞에 풀

---

* sari: 인도, 네팔, 스리랑카, 방글라데시, 파키스탄 등 남아시아 지역의 여성이 착용하는 의상이다. 가늘고 긴 섬유로 되어 있어 다양한 스타일로 몸을 감싼다.

죽은 강아지처럼 기대서서 이런저런 시나리오를 쓰며 기다려 보았지만, 아무 일도 일어나지 않았다. 결국 무겁게 발걸음을 돌려 집으로 돌아왔다. 가뜩이나 시차 적응도 안 된 터라 피곤한 상태였는데 눈앞에 놓인 침대가 손짓했다. 잘 됐다 싶어 침대 위에 몸을 철푸덕 눕혔다. 달콤할 줄 알았던 침대는 가시방석이었다.

그제야 내가 지금 무슨 일을 한 건지 인지되었다. 나는 시간 약속을 지키지 않아 요가 철학 수업을 받을 자격을 박탈당한 것이다. 자세를 고쳐 앉아 나의 생활 습관부터 점검해보기 시작했다. 학생들에게 시간 약속은 중요하다고 가르치던 내가, 정작 현실과 타협하며 안일함 속에서 살고 있음을 알았다. 기본부터 다시 시작해야 했다.

새로 배운 규칙은 이뿐만이 아니었다. 기본적으로 건강하게 사는 생활 규칙도 이곳에서 다시 배워야 했다. 내가 싫어하던 몇 안 되는 일 중 하나가 맹물 마시기였다. 아침 수련이 끝나면 1리터 병에 담긴 물을 천천히 그러나 쉬지 않고 단숨에 마시는 시간이 있었다. 선생님은 물이 몸 안의 수분 함량을 높여주고, 밤사이 쌓인 노폐물이 빠져나가도록 돕기 때문에 매우 중요하다고 강조하셨다. 맹물 대신 차나 뜨거운 물이면 가능할 것 같았지만, 차는 안 된다고 이미 들은 기억이 나서 손이 델 만큼 뜨거운 물을 집에서 물통에 담아와 수련 중 벗어놓은 패딩 안에 넣어두었다. 아사나 수련 후 프라나야마 시간이 돌아왔다. 나는 새끼를 품고 있는 캥거루처럼 물통을 품은 패딩을 입은 채 프라나야마 수련에 집중하고 있었다. 물이 식진 않을까 걱정하면서. 그런데 나의 뜨끈한 물통이 내 배에서 빠져나가는 것이 느껴졌다. 선생님이 불룩한 나의 배에서 물통을 발견한 것이다. 프라나야마 수련이 끝나고, 선생님은 전체 수강생들에게 한마디만 하셨다. "실온의 순수한 물이 우리 몸에 가장 자연스럽습니다."

이후 한동안 수련생들 사이에 나의 별명은 '코알라'가 되었다. 지금은 실온 물 1리터를 다 들이켠 후에도 목이 마르고, 하루에 2~3리터는 거뜬히 마실 수 있는 몸이 되었다. 이는 몸에도 많은 긍정적인 변화를 가져다주었다. 물 마시기는 지금 내 건강 수칙 1번이 되었다.

요가에서는 음식도 매우 중요하게 여긴다. 어떤 동작이 안 될 때는 자신이 무엇을 어떻게 먹고 있는지를 분석하는 것이 중요하다. 맵고, 기름지고, 단 음식을 피하고, 사랑과 정성을 담아 음식을 직접 만들어 먹을 것을 권했다. 그리고 자연에서 나지 않은 식품은 모두 식단에서 배제하도록 권고했다. 나는 요기들에게 안성맞춤인 인도의 채식 요리를 배우고 인터넷을 뒤져가며 다양한 영양소가 들어 있는 시금치, 바나나를 비롯해 렌틸콩, 치아시드, 퀴노아, 녹두, 강황, 케

일, 코코넛, 대추야자, 블루베리 등에 관해 공부했다. 그러다 보니 음식을 먹을 때도 아무거나 대충 먹지 않으려는 의식이 생겨났다. 나 자신에게 무책임해지지 않고자 하는 마음 때문이었다. 그리고 다음 날 아침 수련을 할 때마다 몸에서 어떤 변화가 나타나는지 관찰했다.

잘 먹고 잘 쉬는 것도 음식만큼이나 중요하다. 점심 식사 후 한 시간 동안 수련하는 사바아사나^{Savasana}*는 의무였다. 피로가 쌓일 기회를 주지 않게 하기 위함이었다. 이때는 수련이라기보다는 낮잠 시간이라고 생각했지만, 지금은 이 시간이 얼마나 중요한 수련 과정이었는지 알 수 있다.

그리고 하루 수련이 끝나면 척추를 단단하게 교정할 수 있게 맨발로 공원을 산책할 것을 권했다. 사리를 두르고 산책을 나온 아낙네들 틈에서 만트라** 챈팅을 하며 공원이나 호수를 걷는 시간은 무척 평화로웠다. 깊은 숙면을 하고 나면 아침 수련이 잘 되기에 숙면을 위한 준비가 필요했다. 잠이 오지 않을 때는 《라자 요가》 등 요가 철학 서적을 읽다 잠이 들면 평온하게 잠자리에 들 수 있었다.

---

* 요가 수련 마지막 단계에 하는 자세로, 마치 죽은 송장처럼 온몸의 긴장을 완전히 풀고 누워 의식과 무의식 중간 상태에 머무는 자세. 특히 고된 수련 후, 단시간에 장시간 수면 효과를 가져와 빠른 회복을 돕는다.
** 가톨릭 성가의 그레고리안 챈트나 불교 염송치럼 불교나 힌두교에서 기도 또는 명상 때 외우는 주문 또는 주술. 옴(OM)이 대표적인 예이다.

엘리자베스 길버트의 소설이자 줄리아 로버츠가 출연한 영화 〈먹고, 기도하고, 사랑하라〉에서처럼, 인도에서 잘 먹고 잘 쉬는 방법을 배워가며 삶을 사랑할 에너지가 찾아왔다. 새 그릇에 고운 사리처럼 아름다운 새 인생을 담아 다시 시작하고 싶은 용기가 생겨났다.

바다 없는 곳에서 만난 마이소르 요기들

마이소르에서는 소와 이동 수단인 릭샤 사이로 요가 매트를 등에 메고 걸어다니는 다양한 인종의 요기들을 어렵지 않게 볼 수 있다. 마이소르의 중심가 고쿨람Gokulam 지역의 코코넛 가판대 주변에는 전 세계에서 모여든 요기들이 아침 수련 후 신선한 코코넛 주스를 마시기 위해 모여든다. 바다를 찾아 떠돌아다니던 프리다이버의 눈에는 구루를 찾아와 삶의 일부분을 헌신하는 요기들의 모습이 이색적으로 느껴졌다.

나에게 인도 요가 여행은 세계여행을 시작한 뒤 바다가 없는 곳으로 떠난 첫 여행이었다. 마이소르의 요기들은 대부분 수련에 에너지를 집중하기 위해 집콕 생활을 한다. 서서히 외로움이 찾아왔고, 외로움은 나중에 당혹감으로 바뀌었다. 나는 그동안 외롭거나 가슴이 답답할 때는 바다에 나가 수영을 하거나 바다 옆에서 뛰었다. 그것도 못하면 앉아서 마냥 바다를 바라보기라도 했다. 어제는 친구였고, 그저께는 엄마였고, 그끄저께는 연인이었던 바다. 그 바다가 지금 곁에 없다. 프리다이버도 없다. 오직 자신의 수양을 위해 온 요기들뿐이었다. 요가 샬라* 주변은 침묵만이 가득했다. 방에 들어오면 긴 밤을 어찌 보내야 할지 막막했다.

요가 선생님은 잘 자고, 잘 쉬다 오는 것 말고는 아무것도 하지 말라고 하셨다. 내가 머물던 집은 요기가 지내다 간 집이라 요가 관련 책 몇 권과 초와 향이 남아 있었다. 해 질 무렵 혼자 석양을 바라보며 명상을 했고, 명상이 끝나면 초와 향을 켜두었다. 점점 몸은 깨어나고 에너지는 넘쳐나는데 이런 에너지를 다스리는 건, 약한 몸을 강하게 단련하는 것보다 정신적으로 훨씬 더 힘든 일이었다. 절제, 절제, 절제. '이 넘치는 에너지를 내일 아침 수련에서 모두 쏟아붓기 위해서는 절제해야만 한다'를 머릿속으로 되뇌며 얌전히 집콕했다. 이제까지의 삶은 늘 뭘 바쁘게 하려고 찾기만 해봤지 쉬려고 애써본 적이 없었던 것이다.

여유 있는 생활에 적응이 되어갈 때쯤, 코스가 끝나고 이번 기수의 모든 수련생과 선생님이 마이소르 근교에서 아침 식사를 했다. 침묵 해제다. 평소 똘망똘망한 눈으로 수업

---

* shala: 샬라는 산스크리트이로 "집"를 뜻하며, 요가 샬라(Yoga Shala)는 요가를 위한 장소를 말한다.

시간에 대답과 질문을 잘 하던 마르타가 옆자리에 앉았다. 그녀와 수다를 떨며 식사를 하던 중 그녀는 나에게 자신의 인생 이야기를 풀어놓았다.

포르투갈에서 태어난 이십 대 후반의 마르타는 런던에서 직장을 얻게 되었고, 과도한 업무로 책상에 오래 앉아 일을 하며 몸을 혹사시키다 보니 몸이 이곳저곳 아프기 시작했다고 했다. 정상 생활이 불가능한 상태가 되어서야 직장을 그만두고 몇 달째 이곳에서 요가 휴양을 하는 중이었다. 마르타는 요가 수련 중 들이쉬는 숨에서는 좋은 긍정적인 에너지, 내쉬는 숨에서는 통증이 밖으로 나간다는 생각으로 호흡이 드나드는 것을 지켜보기를 반복했다고 했다. 호흡을 바라보고 힘든 자세들을 버티며 사용하지 못하는 부상 부위의 근육 대신 주변 근육들을 발달시키기 위해 견뎌내야 했던 시간이었다. 병원에서는 평생 불구로 살아갈 거라고 했지만, 위빠사나 명상 코스에서 고통을 바라보며 마음을 다스리는 법을 배웠고, 마지막 희망으로 이곳에 와서 요가 수련을 하며 마음을 비우던 중 일어난 변화라고 했다.

이곳에 온 요기들은 위빠사나 명상 코스를 경험한 이들이 많았는데, 아쉬탕가 요가 수행자들과는 다르게 걸음걸이도 느렸고, 반응도 느렸다. 그러나 민첩하고 예리하고 현명하게 사고했고, 대부분 열린 마음과 긍정적인 사고방식을 가지고 있었다. 그러한 밑거름이 바탕이 되어 그들은 몸과 마음의 병들을 고쳐나가고 있었던 게 아닐까?

요기들은 국적도 연령도 다양하지만 모두 손가락을 숟가락 삼아 바나나 잎사귀 위에 얹어 놓은 밥을 먹었다. 그리고 차이Chai를 마시고 차파티Chapāti 굽는 냄새를 음미하며 그곳의 문화를 받아들이고, 인도의 요가를 몸소 체험해나가고 있었다. 그리고 단지 유연성, 근력을 키우는 아사나나 신체적 부분에 치중한 요가뿐만 아니라 싱잉볼처럼 소리를 중시하는 나다 요가, 철학을 중시하는 라자 요가 등 다양한 요가의 얼굴을 만나고 요가를 생활 속으로 받아들이고 있었다. 점점 바다에서 느껴지는 평온함의 깊이가 마이소르 요기들에게서 느껴지기 시작했다.

나만의 특효약 케발라 쿰바카

"어떻게 인간이 단 한 숨으로 그렇게 깊은 바다 속을 다녀올 수 있죠?"라는 질문을 종종 받는다. 80미터라는 수심을 한 방에 뚝딱 다녀올 수는 없다. 신체적, 심리적으로 꼼꼼한 준비 과정을 거쳐야 한다.

　　프리다이버는 오피셜 탑(다이버의 출발 시간) 5~7분 전, 이완을 위해 특별한 '준비 호흡'을 훈련한다. 나에게는 나만의 특효약, 프라나야마가 있다. B.K.S. 아헹가는 프라나야마를 이렇게 설명했다. "바람이 대기 중에서 연기나 불순물을 쓸어가듯이 프라나야마는 몸과 마음의 불순물을 제거한다. 그래서 파탄잘리는 '내면의 신성한 불꽃이 모든 영광으로 타오르고 마음은 집중(dhāranā)과 명상(dhyāna)을 하기에 적합하게 된다'고 한다(《Yoga Sutras》, 2장 52~53)."[*]

　프라나야마 중에서도 나에게 가장 명약은 '케발라 쿰바카'다. 이는 의도적으로 들이쉬고 내쉬는 숨 없이 멈춤만이 있는 호흡이다. 프라나야마 수련 중 케발라 쿰바카를 알아차리는 순간, 깊은 집중 상태로 들어간다. 케발라 쿰바카는 일상에서 허덕일 때도 호흡을 다스려 에너지를 조절할 수 있게 도와주는 묘약이다.

　프라나야마 수련 초기 어느 날, 케발라는 예고 없이 나를 찾아왔다. 들숨과 날숨 사이에서 케발라 쿰바카 공간이 눈과 마음에 선명하게 보이기 시작했다. 직접 초집중 상태를 체험하고 나니, 도대체 나의 몸과 의식 상태에 무슨 일이 일어나고 있는지 궁금해져 프라나야마 관련 서적을 뒤졌다. 그러던 중 《요가 디피카》 프라나야마 챕터의 가장 마지막 부분에서 이런 내용을 발견했다. "케발라Kevala는 고립된, 순수한, 절대적인, 완벽한 것을 뜻한다. 쿰바카Kumbhaka가 본능적으로 행해질 때를 케발라 쿰바카라 한다. 수행자가 케발라 쿰바카를 완전히 체득했을 때, 그는 세속을 떠나 영원과의 조화 속에 있게 된다. 그는 광대한 하늘뿐만 아니라 가장 작은 틈에까지 널리 퍼져 있는 아주 작고 섬세하고 또 강력한 요소 가

[*]　B.K.S. 아헹가, 현천 옮김, 《요가 디피카》, 선요가, 2007.

운데 하나에 대한 통제력을 얻는다. 그의 정신은 완전히 프라나^{Prana}와 동화되어 프라나 바로 자체처럼 자유롭다."[*]

프리다이빙 직전, 나는 플랫폼에 앉아 나만의 특효약을 계속해서 알아차리며, 지금부터 펼쳐질 심해 여행을 머릿속에 이미지 트레이닝한다. 그리고 주변의 환경으로부터 오로지 나 자신에게만 집중할 수 있도록 두 눈을 감는다.

오피셜 탑 4분 전, 내 집 안방처럼 편안하게 수면에서 바다라는 물침대 위에 목 베개를 하고 눕는다. 오직 바다와 나의 교감에만 집중하며 바다를 대할 마음 자세를 가다듬는다. 프라나야마를 이어나가는 동안 욕심과 마음이 점점 비워지고 심장 박동수는 점점 느려진다. 마음이 평온해진다.

오피셜 탑 3분 전, '쿰바카'를 느끼며 심장 박동수를 계속 늦춰간다. 폐 안의 공기를 최대한 빼고, 다시 가득 채우기를 느리게 반복하다 눈을 뜬다. 물 위에 떠서 파란 하늘과 구름, 태양을 바라보고 있노라면 자연과 온전히 합일됨을 느낀다. 이보다 더 평온한 때는 없을 것이라는 생각이

---

[*] B.K.S. 아헹가, 같은 책.

든다. 바다에 누워 하늘을 보며, 잠시 이 행복한 순간을 만끽한다.

오피셜 탑 2분 전, 압착 방지를 위해 프리다이빙용 고글과 프리다이빙 슈트에 달린 후드 안에 물을 넣는다. 그리고 안전장치인 랜야드[**]가 확실하게 착용되었는지 최종 장비 점검을 하고 심해 여행 준비를 마친다.

오피셜 탑 1분 30초 전, 테크닉이나 장비 생각은 뒤로 한 채 오로지 이번 여행이 어떻게 펼쳐질지 즐거운 상상만 한다.

오피셜 탑 1분 전, 바다에게 기도를 바친다. '오늘도 당신을 만나러 왔어요. 기분은 어떤가요? 겸손한 마음으로 당신을 느끼고 싶고 당신의 품에 안기고 싶으니, 포근하게 감싸 안아주세요.'

오피셜 탑 30초 전, 이제 바다를 만날 준비 완료다.

[**] lanyard: 프리다이빙 안전장치 중 하나. 하강 시 프리다이버와 로프를 연결하여 특히 조류가 심할 때 하강 리인으로부터 멀어지는 것을 방지해수고, 의식을 잃은 프리다이버를 수면으로 구조하는 데도 도움이 된다.

오피셜 탑 15초 전, 마지막 최종 호흡 시작!

오피셜 탑 10, 9, 8, 7, 6, 5, 4, 3, 2, 1초. 카운팅을 듣는 동안 입을 크게 벌리고 배와 가슴에서 내가 들이쉴 수 있는 최대한의 공기를 폐 안으로 집어넣는다.

드디어 오피셜 탑, 하늘을 보며 수면에 누워 있던 몸을 서서히 반 뒤집어 물과 입을 맞춘 후 바다 속으로 훨훨 날아 들어간다.

심해 여행이 곧 시작된다.

인도 마이소르에서 후굴 자세 특별 과정을 수련할 때였다. 두 시간의 아사나 수련이 끝난 후, 30분 동안 이완 수련이 이어졌다. 이완 수련을 쉽게 설명하면, 사바아사나를 30분 동안 하는 것이다. 처음엔 마냥 누워서 쉬는 자세인 줄 알고 가장 좋아했고, 얼씨구나 잠이 들기도 했다. 그런데 어느 날부터 갈수록 더욱 까다롭고 심오한 동작으로 다가왔다. 사바아사나가 의식과 무의식의 중간 상태, 즉 완전히 깨어 있지도 않고 완전히 놓아버리지도 않은 의식 상태를 유지하는 요가 동작이라는 것을 깨닫기 시작했기 때문이다. 깊은 이완을 하기 위해서도 어려운 동작만큼이나 고도의 집중력이 필요했다.

　이 상태를 어떻게 표현할 수 있을까? 해양생물학자 월

러스 니콜스는 그가 쓴 책에서 부유 탱크[*]에 들어가 있을 때 어떤 경험을 하는지 설명했는데, 내가 사바아사나를 하며 경험했던 의식 상태와 비슷한 것 같다.

"부유 탱크는 뇌가 각성 상태(베타파)에서 깨어 있지만 편안한 상태(알파파)를 거쳐 궁극적으로 각성과 수면 중간 단계(세타파)와 비슷한 깊은 명상의 의식 상태로 전이하게 해준다. 이런 변화된 상태에서 마음은 무(無)의 상태가 되고 내면의 음성은 고요하며 종종 합일과 축복의 느낌이 드는데, 작가 세스 스티븐슨은 이를 '마약을 하지 않고도 그와 같은 효과에 가장 가까운 상태'라고 표현했다."[**]

깊은 고요의 상태로 안내하는 요가 동작이 사바아사나라면, 프리다이빙에서는 프리폴이 있다. 프리폴freefall이란 물에서 몸이 자연스럽게 가라앉는 구간에서 팔, 다리 어떤 움직임도 없이 자유낙하 하는 순간을 말한다. 마치 티끌만 한 한 점의 먼지가 되어 광활한 바다 속으로 깃털처럼 서서히 가라앉는 듯한 느낌의 프리폴은 프리다이버 사이에서 '프리다이빙의 꽃'이라 불린다.

사바아사나의 의미를 새롭게 알아가는 재미에 빠져 있

* Flotation Tank: 약 320킬로그램의 소금이 들어간 36도 정도의 따뜻한 물이 들어 있는 욕조 같은 공간에 몸을 띄우는 도구. 감각을 차단함으로써 고요함을 경험할 수 있다.
** 월러스 J. 니콜스, 신영경 옮김, 《블루마인드》, 프리렉, 2015.

던 어느 날 아침, 다합 라이트하우스Light house에 다이빙을 하러 나갔다. 아름다운 산호와 물고기를 보는 재미를 즐기는 스쿠버다이빙과 달리 바다라는 자연 속에서 오붓하게 내 몸과 마음에서 느껴지는 감각들을 바라보는 프리다이빙의 매력에 새삼 감탄하며 프리다이빙을 즐기던 때였다. 내 몸을 나와 분리된 오랜 친구처럼 여기며 바다와 나를 연결해주는 몸에게 감사하는 마음을 느낄 때면 내 가슴은 일렁이는 파도처럼 울렁거렸다.

이런 프리다이빙을 만난 건 축복이었지만 프리폴을 알게 된 건 더더욱 출렁이는 축복이었다. 그러나 바다가 나를 받아주지 않으면 이 축복을 어찌 누릴 수 있단 말인가. 포근한 바다는 언제든 돌변해 저 바다 밑에 큰 조류, 심지어 쓰나미를 일으킬 수 있는 어마무시한 존재였다. 그래서 오늘도 몸과 마음에 힘을 빼고 욕심, 집착, 불안, 걱정을 내려놓고 마치 사바아사나 동작에서처럼 깊은 고요한 상태를 찾아갔다. 그리고 '나'라는 티끌을 받아달라고 바다에 기도를 드리며 울렁거리는 감동과 함께 차분한 경건함 속에서 프리폴을 시작했다.

몸이 수면에서 멀어질수록 하강 속도는 점점 더 빨라졌다. 1초당 1미터의 속도로 내려가며 프리폴은 자연스럽게 시작됐다. 나는 진정으로 놓아버리고 중력이 모든 것을 대신

하도록 내버려두었다. 눈을 감으니 얼굴과 손을 타고 흐르는 물살의 느낌이 마치 꿈속에 있는 듯했다. 아니 다이빙을 하고 있다는 사실조차 잊어버렸다. 이 초현실적이고 놀라운 느낌은 프리다이빙의 재미를 더해주기 시작했다.

그러나 바다 속으로 미끄러져 들어가는 짜릿함과 동시에 어둠 속 심연으로 초대되는 것 같은 두려움도 함께 찾아왔다. 바로 지금이 내맡기기 연습을 할 가장 좋은 기회다. 나는 바다라는 드넓은 하늘을 나는 한 마리의 자유로운 새처럼 나를 놓아주며 프리폴에 내 몸을 맡겼다. 완전한 항복이었다. 이 순간은 진정한 무아지경에 이른 자유 상태를 경험하게 해줬다. 바다 속으로 빨려 들어가는 이 기분은 내 몸이 우주와 원래부터 하나였던 것처럼, 나의 마음도 바다와 하나가 되는 합일合一 그 자체였다. 마치 명상 중 에너지의 흐름이 나의 온몸에 흐를 때와 같았다.

세상을 등지기로 마음먹으면서까지 막아버리려 했던 길이었지만, 자연은 다시 나에게 길을 열어주고 있었다. 처절하게 몸부림칠 뻔했던 고독의 시간을 감미로운 여정으로 '프리 폴'하게 해주는 믿음과 용기의 길로 말이다.

바다에서 1미터씩, 요가 매트에서 한 호흡씩

아트마비카사 요가 과학 센터에서 하타 요가 지도자 과정 오리엔테이션을 마치고 나오는 길이었다. 풍성한 굴곡이 있는 긴 머리에 깊숙한 눈매를 가진 친구가 말을 걸어왔다. 인류학과 사진을 공부했고, 지금은 이탈리아 근교에서 요가를 가르치고 있다고 자신을 소개한 프란체스카는 대뜸 노자, 도교 사상에 관심이 많은데 동양에서 온 친구를 만나니 반갑다며 친근감을 표시했다. 동양인의 눈매를 좋아해 자신이 만난 남자친구는 죄다 동양인의 눈매를 가진 유럽인이라고 했다. 얼마 후 남편이 된 사람 역시 동양인 눈매였다.

　　나는 아직 요가를 가르쳐본 적이 없던 때라 어떻게 요가를 가르치기 시작했는지, 무엇을 가르치는지 등등을 열심히 캐물었다. 프란체스카는 신이 나서 이탈리아 사람 특유의 손짓 발짓을 격하게 해가며 열정적으로 설명을 해줬다. 하지만 다른 친구들 앞에서는 본인이 요가 강사인 것을 말하길 부끄러워했다. 곧 있을 요가 강사 과정 수련에서 남들이 자기를 평가하는 것이 두렵다고 했다. 자신은 유연하지도 않고, 안 되는 동작도 많은데 요가 강사라고 하면 사람들이 더 기대를 많이 할 테고 실망도 그만큼 크지 않겠느냐며 한숨을 내쉬었다. 그래서 나는 본인의 수련은 뒷전이고 오직 요가를 생계수단으로 여기기만 하는 강사들도 있는데, 당신은 지금 이곳에 더 성장하기 위해 오지 않았느냐며 위로해주었다.

나는 그녀의 티 없는 솔직함이 좋았다. 호기심도 많고, 뭐든 열심히 배우려고 하는 근성은 한국인 저리가라였다. 쿠킹클래스, 철학 수업, 축제 등 마이소르에서 열리는 이벤트 정보를 조사해와서 나에게 브리핑을 해주며 같이 가자고 말해주었다. 그래서 내 마이소르의 추억에는 늘 프란체스카가 있다.

요가 센터에서는 오리엔테이션 날 키 순서대로 요가 매트 자리를 지정해주었다. 그리고 선생님은 수업 중 멀리 있는 학생의 자세를 교정할 때 매트 자리 번호로 학생을 호명했다. 한 달이 지나도록 우리는 서로를 '넘버 투', '넘버 나인틴' 등으로 기억했다. 프란체스카는 '넘버 파이브', 나는 '넘버 식스'였다.

수업은 매우 엄격하게 진행되었다. 선생님은 수련 중

남 신경 쓰지 말고 오직 나의 호흡에만 집중하라 했다. 아무도 보지 않으려 했지만, 옆에 땀을 삐질삐질 흘리며 수련하던 넘버 파이브 프란체스카의 거친 숨소리는 늘 나의 귀와 마음에 거슬렸다.

하타 요가는 한 자세를 길게 유지하고 나서 몸이 식지 않을 정도로만 휴식 시간을 취한 뒤에 다음 동작으로 들어간다. 그동안 눈을 감고 온몸으로 휴식에 집중해야 하는데 하루는 눈을 뜨고 있다가 선생님과 눈이 마주쳤다. "넘버 식스, 매트에서 내려가 있으세요. 정신을 다른 곳에 두고 수련하고 있군요." 그래서 난 한동안 머쓱하게 다른 수련생들이 수련하는 모습만을 쳐다봐야 했다. 덕분에 처음으로 프란체스카의 수련을 지켜볼 수 있었다. 그녀는 얼굴에 오만상을 써가며 동작을 완성하려고 안간힘을 쓰고 있었다. 안타까웠다.

아침 식사 시간은 45분이었는데 집이 먼 수련생들에게는 집에서 오고 가기에는 빡빡한 일정이었다. 프란체스카가 묵고 있던 숙소는 거리가 먼 편이라 우리는 센터에서 가까운 우리 집에서 늘 함께 바나나 시금치 스무디를 만들어 먹었다. 그녀는 내 모노핀[*]을 보고 놀라며 물었다. "넘버 식스, 너 프리다이버야?" "응." "얼마 동안 숨 참을 수 있어?" "6분!"

---

* monofin: 오리발 하나에 양발을 넣어 착용하는 인어 꼬리처럼 생긴 수영핀.

"인간이 그게 가능해?" "응, 천천히 1초씩 늘리다 보면 누구에게나 그런 날이 와. 수심도 하루에 1미터씩 더 내려가다 보니 서서히 깊어졌고. 아니다. 어떤 때는 깊이 가려 하지 않고 그냥 편안할 때까지 같은 수심에 오래 머물거나, 다시 낮은 수심으로 돌아가 기본기를 다지는 트레이닝을 해보기도 했어. 깊이 내려갈 이유가 없었거든. 그냥 바다에 있는 시간, 트레이닝 하는 시간이 즐거워. 진지하게 요가 수련을 처음 했을 때도 같은 느낌이었어. 요가 매트 위에 앉아 호흡을 바라보고 내 몸을 알아가는 시간 자체가 좋더라고. 그러다 보니 점점 마음이 열리고, 몸도 유연하게 변하기 시작한 것 같아. 그래서 난 지금도 그냥 있는 그대로 현재 나의 몸 상태에 감사하면서 수련해. 그러다 보니 안 되던 동작들이 신기하게도 하나둘 되기 시작하더라고."

아침 식사 시간부터 너무 진지하게 대답했나? 정신이 들어 그녀 얼굴을 바라보았다. 그녀는 진지하게, 하지만 수줍은 미소를 머금으며 대답했다. "그거 요가 수업 때 내가 가르치는 수련생들한테 항상 하는 말인데. 내 수련 중에는 까마득하게 잊고 있었네."

그다음 날부터 넘버 파이브의 신음 소리는 사라졌다. 하루는 선생님께서 부장가아사나[Bhujangasana](코브라 자세)에서 눈을 감고 호흡을 바라보라 하셨다. 보통 한 동작에 오랫동안

머문 뒤에 "레스트(휴식)" 하는 선생님의 목소리가 달콤하게 들리는데, 오늘은 웬일인지 아무리 기다려도 들리지 않았다. 오늘은 '휴식'이란 말 대신 "본인이 유지하고 싶은 만큼 유지해보세요"라고 했다. 넘버 파이브는 마지막까지 신음 소리 한 번 없이 버틴 수련생이 되었다.

벤카테쉬 요가 선생님은 수련 중에는 호랑이처럼 무섭지만, 수련생들이 집으로 돌아갈 때는 늘 다정하게 학생 한 명 한 명을 배웅하며 손수 손질해온 과일을 하나씩 손에 쥐여주거나 책을 주셨다. 그날 호랑이 선생님은 푸르뎅뎅하고 크나큰 바나나 한 송이를 프란체스카에게 상품으로 안겨주셨다.

마이소르에서 수련을 마친 나는 바로 히말라야 트레킹에 나섰다. 프란체스카와 헤어지던 날, 그녀는 동양 냄새가 풍기는 새하얀 한지처럼 생긴 편지에 예쁜 손글씨를 써서 배웅하러 나왔다. 편지 속 내용에는 동양 눈매를 가진 약혼자와 곧 결혼식을 올릴 건데, 와서 꼭 축가를 해주면 좋겠다고 했다. 그리고 마지막엔 이렇게 쓰여 있었다.

"그날 아침, 우리의 대화가 나의 이번 수련을 바꿔줬어. 고마워, 넘버 식스!"

3부

상승

좇지 않고, 애쓰지 않고 바다의 품 안에 있다 보면
어느새 나는 내가 가려던 곳, 되려던 나에 도달해 있다.
이 경이로운 성장의 순간이 바다가 나에게 준 선물이다.

명상, 내 마음의 영화를 관람하는 시간

필리핀 프리다이빙 대회에서 발생한 나의 블랙아웃 사고 소식은 전 세계 프리다이빙계에서 퍼져 나갔고, 나를 아끼는 친구들은 비난의 대상을 찾아 나섰다. 바다 조류, 너니? 해파리 알레르기, 너야? 아니면 대회 주최자? 코치? 세이프티 다이버? 누가 날 죽음 직전까지 몰고 갔단 말인가.

친구들이 이렇게 나를 위하는(?) 동안 나는 세상의 모든 소리로부터 귀를 닫고, 무엇이 나를 이런 상황에 놓이게 한 것인가 곰곰이 분석해보았다.

긴 여정 끝에 답을 찾을 수 있었다. 나에게 프리다이빙을 하라고 등 떠민 이는 아무도 없었다. 어느 누구도 나에게 대회에서 수심 몇 미터까지 내려가라고 정해주지 않았다. 모든 것은 그 누구의 책임도 아닌 나의 선택이었고, 그 결정의 원천은 나의 자아, 에고였다. 문제는 최대한 잘나 보이고 싶은 마음, 남과의 경쟁에서 이겨서 주변 사람들에게 좋은 평가를 받고 자랑스러워하고 싶은 욕구였다. 준비되지 않은 내 몸 상태는 그런 에고와 싸우고 있었던 것이다. 에고의 승리로 나는 무모한 도전을 감행했고, 결국 사고로 이어졌다. 다시는 이런 행동을 반복하지 않으려면 나는 매 순간 에고와 싸우고 있는지를 알아차릴 수 있어야 한다는 것을 깨달았다.

또 하나 중요한 깨달음은, 내 몸의 감각을 잘 알아차릴 수 있어야 한다는 것이었다. 평소에 깨어 있어 몸이 하는 소리를 잘 듣는 주인은 몸을 혹사시키지 않는다. 몸은 그때그때 필요한 수분량과 음식 종류를 알려주고, 체온 조절이 필요할 때도 열심히 신호를 보내준다. 이를 무시하면 탈수나 저체온증 등이 나타나는 것이다. 사고 당일, 대회가 지연된 탓에 당은 떨어져가고, 해는 뉘엿뉘엿 저물어 바다 속은 시커메지고, 얼굴은 해파리에 쏘여 부어오르는 등 내 몸의 에너지 레벨은 바닥을 치고 있었다. 그때 내 몸의 감각을 잘 읽을 수 있었다면 출전 취소라는 현명한 판단을 했을 것이다.

그러나 열성적이고 목표 지향적인 서울이라는 도시에서 살고 있던 나는 나 자신과 대화할 여유가 없었다. 아니, 나 자신과 마주한다는 것이 무엇인지조차 생각해보지 못한 나에게 현명한 판단은 기대하기 어려웠다. 혹사당하고 있는 몸은 아랑곳하지 않고 에고의 만족을 위해 무조건 감행한 끝에 일어난 사고였다.

여기까지 생각이 닿으니, 에고의 움직임과 몸의 감각을 알아차릴 수 있도록 깨어 있는 상태로 사는 법을 더욱 절실하게 알고 싶었다. 마침 의사이자 프리다이빙 강사인 정현권 강사님이 나에게 위빠사나 명상에 대해 알아보라고 조언해주었다. 이때부터 언제가 될지는 모르지만 꼭 한 번 위빠사나 명상을 진지하게 만나보겠다고 다짐했다.

그 후, 세계여행을 하던 중 드디어 이집트 다합에서 명상을 만났다. 홍해를 품고 있는 바닷가 마을 다합에는 아름다운 산호가 만발해 있어 다이버들이 많았다. 여기에는 아주 아름다우면서도 재미있는 문화가 있었는데, 바로 저녁 6시마다 바닷가에서 한 시간 동안 열리는 명상 수련이었다. 한 스님 프리다이버가 일몰을 바라보며 명상을 하기 시작했고, 곧 여러 프리다이버가 이에 동참했다. 이 수련은 스님이 떠난 뒤에도 계속 이어졌다. 그가 뿌린 씨앗이 수많은 프리다이버에 의해 양분을 먹고 자라고 있는 것이었다.

활력이 넘치던 사막의 더위가 가라앉고 황혼에 물든 어느 날 오후, 해변에서 트롬본 소리가 들려왔다. 음악을 좋아하는 나의 발길은 몽유병 환자처럼 그곳을 향했다. 나와

이야기를 잠시 나누던 트롬본 연주자는 시계를 보더니, 6시가 되기 5분 전이라며 신데렐라처럼 다급히 자리를 털고 일어났다. 6시에 명상이 시작된다고 했다. 나의 눈은 번쩍 빛이 났다. 드디어 기회가 찾아온 것이다.

명상은 베두인 꼬마 아이들의 재잘거리는 웃음소리 속에서 자연스럽게 진행되었다. 트럼본 연주자 세니는(나와 세니는 이때 친구가 되어 바자우족을 만나러 함께 여행을 떠났다) 내가 머물던 평화로운 신밧드 캠핑장 앞 해변에 큰 카펫을 깔고 바다를 바라보고 앉았다. 하나둘 도착한 프리다이버들은 자연스레 그 옆으로 조용히 앉았다. 팝콘만 없을 뿐이지 영화 상영 전 앉아 있는 관람객들의 모습과 유사했다. 모두 각자의 '오늘 내 마음의 영화'를 관람할 준비를 마친 듯했다. 나도 한 자리 잡고 앉았다. 강아지들도 명상이 필요했는지 내 옆에 와서 조용히 앉았다.

세니는 '인사이트 타이머Insight Timer'라는 어플로 한 시간 타이머를 맞추었다. 징 소리가 울리면 눈을 감고 고요히 호흡을 바라보다가 한 시간 후에 다시 똑같은 징 소리가 울리면 눈을 뜨라고 나에게 귀띔해주었다. 오랫동안 기다려온 기회를 만난 나는 비장한 눈빛을 하며 고개를 끄덕였다.

나는 바다 냄새를 맡으며, 잔잔하게 철썩이는 파도 소리와 해변을 거니는 말들의 말발굽 소리를 들으며 눈을 반쯤

감았다. 그리고 서서히 완전히 눈을 감았다. 바다 건너 나무 한 그루 없는, 단조로운 황색이 도처에 깔린 광대한 사우디아라비아 사막 언덕의 노란 모래와 구름 없는 맑은 하늘빛이 투영된 바다가 눈을 감아도 그려졌다. 어렵고 따분한 명상이라기보다는 사막의 기분 좋은 바닷바람을 맞으며 하루를 마감하는 여유로운 시간처럼 다가왔다.

이렇게 나는 생애 처음 한 시간 동안 눈 감고 반가부좌 자세를 틀고 앉아 호흡을 바라보기 시작했다. 그런데 웬일인지 눈을 감고 있는데 인어 빛깔을 띠던 홍해를 넘어 더 많은 것들이 보였다. 원숭이처럼 이리 뛰고 저리 날뛰는 마음 상태였다. 몹시 시끄럽고, 복잡하고, 두서없이 혼란했다. 폭풍이 일어나는 것 같았다. 그런데 이 느낌이 나쁘지 않았다. 명상이 끝나고 나니 드디어 처음으로 내가 나와 마주하기 시작했다는 것을 직감적으로 알게 되었다. 내일이 기다려졌다. 또 어떤 원숭이를 만나게 될지, 호흡을 알아차릴 수 있을지, 아니 그것이 가능한 것인지부터 궁금한 것 투성이었다.

처음 스쿠버다이빙을 배우며 바다 속 세상을 만났을 때가 생각났다. 설렘이었다. 세상의 반밖에 모르고 살다가 처음 바다 속으로 들어가서 넓은 수중 세상을 만난 그때의 기분보다 더 큰 설렘이었다. 의식의 움직임을 관찰하고 알아차릴 수 있다니. 그날 밤, 눈으로 보는 것보다 더 큰 차원의 신세계가 존재한다는 깨달음을 안고 설렘으로 가득 차 어렵게 눈을 감고 잠을 청했다.

무상함을 배우다

나의 인생에서 잘한 일을 꼽으라면 하나는 직장을 그만두고 넓은 세상으로 나가서 바닷가 생활을 시작한 것이고, 다른 하나는 위빠사나 묵언 수행 명상 코스에 참여한 것이다. '위빠사나'는 '있는 그대로 본다'는 뜻의 산스크리트어다. 호흡을 통해 몸의 감각을 지켜보는 위빠사나 명상 수행법을 접하면서 나는 알아차림과 평정심을 배웠고, 모든 것은 변화한다는 진리를 깨달으며 집착이 줄어들었다. 그리고 순간순간 현재를 바라보며 감사히 사는 방법을 배웠다.

다합 바닷가에서 마냥 틀고 앉아 있은 지 2주가 지난 무렵이었다. 마음에서 일어나는 아수라장의 바다에서 허우적거릴수록 좀더 진지하게 명상 공부를 할 때가 오고 있음을 알아가던 어느 날, 반가운 메일이 도착했다. '담마코리아 위빠사나' 명상 센터에서 온 메일이었다. 세계여행 중 잠깐 한국에 들어갔을 때, 혹시나 싶어 참가 신청서를 내고 떠나온 차였다. 참여하기가 정말 어렵다고 소문난 코스인데, 막바지 취소자가 생겨 긴 대기자 명단에 있던 내가 기회를 얻게 된 것이다.

코스 첫날, 다합에서 2주간 매일 한 시간씩 앉아 있기를 연습하고 온 덕에 앉아 있는 시간이 어색하진 않았다. 그러나 하루에 열 시간 동안 움직이지 않고 명상을 하는 건 너무 힘들었다. 한국의 수묵화같이 단아한 마이산 중턱에 놓인 진안 명상 센터의 고요한 분위기와는 달리, 나의 호흡은 몹시 거칠었다. 호흡을 관찰하는 방법을 잘 알아갈 수가 없었다. 법문 시간에는 반은 혼수상태였다. 격렬한 운동을 한 것도 아니고, 고난이도로 머리를 쓰며 일을 한 것도 아니고, 하루에 열 시간을 그냥 가만히 앉아 있었을 뿐인데 몸과 마음이 몹시 피로했다. 몸과 뇌를 사용하지 않은 채 쉬는 것이 더 힘든 일이라는 걸 깨달은 날이었다.

위빠사나 명상에 들어가기 위한 준비 단계인 호흡 명상을 하던 3일째까지는 움직임 없이 한 시간 동안 앉아 있는 것이 불가능했다. 허리에서는 통증이 느껴지고 다리가 저려오면서 이러다 몸 한 부분이 망가질 것만 같았다. 그래도 마음 깊은 곳에서는 몸 한구석이 어긋나 앉아 있지 못하게 되더라도 마지막 날까지 이곳에서 버티리라고 굳게 다짐했다.

드디어 4일째 날, 위빠사나 명상이 시작되었다. 지난 시간에 했던 다짐을 되새기며 고엔카 선생님의 지시사항을 집중해서 따라가보았다. 감각을 쪼개고 분해하고, 범위를 좁혀가는 등 느껴지는 신체적 감각을 다양한 방법으로 관찰했다. 처음으로 두 시간 동안 움직이지 않고 앉아 있었는데 모든 통증이 사라져버렸다. 온몸에 전류 같은 흐름이 느껴지면서 두 시간이고 세 시간이고 앉아 있을 수 있을 것만 같았다. 마치 우주에 떠 있는 것 같은 기분이었다. 처음 느껴보는 감각이었다.

점점 눈을 감은 채 정수리, 얼굴, 목, 어깨, 팔, 가슴, 배, 등, 엉덩이, 다리, 발가락 순서대로 머리끝에서 발끝으로 나의 '의식'을 움직일 수 있었다. 나는 찌르는 듯한 통증, 간지러움, 마비, 무감각 등 의사 선생님이 진찰하듯 순서대로 일어나는 다양한 감각들을 관찰하며 '인식'할 수 있었다. 그리고 고엔카 선생님의 지시사항대로 고요하고 참을성 있게 그 '감각'들을 지켜보려 했다. 어떠한 '반응'도 하지 않기 위해 올라오는 감정을 알아차릴 때마다 '평정심'이란 단어를 두더지 잡는 망치처럼 사용해 다시 가라앉혔다. 그러면 금세 다른 두더지가 고개를 내밀었다. 이렇게 평정심 망치로 두더지 잡기를 반복하는 동안 일어나고 사라지고, 일어나고 사라지며 영원한 것은 없다는 아니짜를 깨달아갔다. 감각에 반응하

려는 마음의 순간적 습관을 알아차리고, 아무런 감정도 싣지 않고 평온한 마음으로 다양한 감각들을 바라볼 수 있는 시간이 늘어남에 따라 이것이 괴로움에서 벗어나는 길이라는 걸 알게 되었다. 그리고 행복의 문에 더 다가가고 있다는 것도.

집중력이 계속 깊어질수록 감각은 더욱 살아났고, 의식이 깨어 있는 시간도 점점 더 늘어났다. 이렇게 발달된 감각은 일상생활에서도 적용되었다. 그곳의 공기, 바람, 햇살의 온도, 나아가 그 시간과 장소에서 느껴지는 기운, 대기의 에너지, 그것에 반응하는 내 몸 안에서 느껴지는 에너지까지. 새로운 감각들이 발달될수록 알아차리기는 더욱 자주 일어났다.

그리고 꿈도 꾸기 시작했다. 최근에 만난 사람들부터 교사로 일할 때 만난 사람들, 대학교 친구들, 중고등학교 친구들, 어린 시절 가족과 함께 캠핑을 갔던 기억, 유아기 기억까지. 내 인생을 거슬러 올라가는 각본으로 쓰인 영화는 코스가 시작된 지 5일째까지 매일 밤 상영됐다.

명상 시간이 끝난 뒤 고요한 명상 홀에서부터 숙소 사이에 나 있던 억새풀밭 길은 나의 '생각의 길'이었다. 명상하는 동안은 머릿속을 비우고 호흡을 바라보려 했고, 명상하는 동안 무의식중에 떠올랐던 생각들을 이 '생각의 길'에서 하나둘 끄집어내 머릿속 스크린에 띄워 놓고 곰곰이 바라보는 시간을 가졌다. 마치 나 자체가 무의식 상태, 뇌 스캔을 하는 병원이 된 것 같았다. 이곳은 정신병원인가? 주변을 둘러보니 다른 사람들도 땅만 보고 걸어다니며 작은 원으로 된 산책로를 계속 빙글빙글 돌고 있었다. 서로 눈을 마주쳐서는 안 되는 규칙이 있었기 때문이다. 그렇다. 이곳은 마음 수술이 진행되고 있는 병원이었다.

6일째부터는 더 이상 꿈을 꾸지 않았다. 시즌 1이 끝났으니, 자연스럽게 시즌 2를 구상하기 시작했다. 시나리오 마감 기한(코스 마지막 날)은 다가오는데 글이 안 써졌다. 가장 본격적으로 시작된 나의 질문의 답을 찾기 위해 깊이 내려갈 수 있는 상황에 놓인 것이다. 그러나 결말이 나오지 않아 이때까지만 해도 답답한 마음이었다. 글로 적어두고 싶었지만, 어떠한 기록도 해선 안 된다는 명상 센터 규칙 때문에 아직은 할 수 없었다. 11일째 날 명상 코스가 끝나고 하루 더 머물며 이를 모두 쏟아내리라고 생각했지만, 생각은 계속 일어나고 사라지는 것이라 집착할 필요가 없었다.

첫날 빗소리를 들으며 걸었던 '생각의 길'에 피어 있는 억새풀밭 위로 밤새 하얀 눈이 다소곳이 내려앉아 새벽달에 빛나던 마지막 날 새벽이었다. 아침 명상을 마치고 나오자, 몸을 꽁꽁 얼렸던 새벽 추위는 사라지고 따뜻한 봄 햇살이 들판 가득 채워진 서리들을 녹여내고 있었다. 분명 같은 장소인데도 풍경은 계속 변하고 있었다. 마음을 째고 도려내는 고통스런 수술이 진행되는 병원이 오늘은 평화로운 낙원으로 다가왔다. 아니짜. 이것이 그동안 고엔카 선생님이 가르쳐주려던 무상함이었구나 싶었다.

사랑을 나누며 살기에도 모자란 이 생을 원망하던 어리석었던 모습은 어디 가고 눈에 비친 모든 존재가 고귀하고 사랑스럽게 느껴졌다. 늘 무엇인가 갈구하던 마음은 무엇을 나누며 남은 인생을 살 수 있을까 하는 마음으로 바뀌었다. 명상 코스 동안 나의 미래 인생 설계의 답을 찾고자 했으나, 무상함을 자연스레 깨달아가니 그럴 필요가 없다는 것을 알게 되었다. 내 삶이 나를 데려가는 대로 내맡기면 되는 것이었다. 무엇을 찾고 갈구하기보다는 '지금 이 순간을 살아라'라는 에크하르트 톨레의 책 제목처럼 지금 이 순간에 충실하고 감사히 여기며 사는 것이 내가 찾던 행복의 답이었다.

다시마를 우리며 씻겨 내려져간 에고

위빠사나 명상 센터는 기부와 봉사자들로 운영된다. 나는 명상 코스가 끝난 뒤 하루 더 센터에 남아 봉사를 했다. 법사님과 봉사자들과 함께 명상을 하는 동안 아름다운 삶에 대한 감사로 눈물이 흘렀다. 이 눈물은 2년 뒤 나를 10일간의 봉사 참여로 이끌었다. 내가 받은 행운을 다른 이들과 나누고 싶었다. 아니, 그래야만 했다.

우리 여덟 봉사자의 일정은 수련생의 일정과는 또 다른 의미로 빠듯하게 돌아갔다. 하루에 세 번 있는 단체 명상 시간에는 봉사자들도 다른 수련생들처럼 명상 수련을 했다. 다만 개인 명상 시간에는 수련생들이 명상 수련에 집중할 수 있도록 다양한 일들을 도맡아 하는 것이 봉사자들의 일이었다.

매니저 역할을 맡은 봉사자는 수련생들이 밤새 무사 안녕한지, 식사는 잘 했는지, 아직 자느라 명상 홀에 오지 않은 사람이 있진 않은지 등 수련생들이 불편 사항 없이 명상 코스에 참여하고 있는지 두루 살폈다. 명상하는 도중에 명상 홀을 나가는 수련생이 있으면 따라가서 괜찮은지 살펴보기도 했다.

주방 봉사자들은 사랑이 담긴 음식을 만들어 뚝딱뚝딱 내보냈다. 아침 식사 준비를 할 때는 고엔카 선생님의 육성이 담긴 녹음테이프에서 나오는 구수한 챈팅을 들으며 한쪽에서는 묵묵히 죽을 쑤고, 다른 한쪽에서는 토스트와 과일을 정성스레 준비하고, 또 한쪽에서는 점심 준비를 시작했다. 누구의 지시사항도 없이 주방은 이전 봉사자들이 매우, 아주 매우 꼼꼼히 기록해둔 세 권의 레시피북과 음식 준비 매뉴얼을 참고하며 침묵 속에서 척척 돌아갔다. 야간 수당이 나와도 울며 겨자 먹기로 일하는 회사에서는 쉽게 느낄 수 없는 기운일 것이다. 명상이 깊어지면서 수련생들은 감각이 깊어지고, 봉사자들은 팀워크와 친밀도가 점점 깊어졌다.

봉사자는 수련생들에게 서빙하고 남은 음식을 해결해야 했고, 숙소도 독실이 아닌 2인 1실 봉사자 공용 숙소를 이용했다. 내 룸메이트는 주방 매니저를 맡고 있던 친구였다. 그녀의 어머니는 단월드를 운영하시고, 본인은 검정고시를 쳐서 지금은 오랜 꿈이었던 의대 진학 준비를 하고 있는 스물여섯 살의 어여쁜 예비 의대생이었다. 나중에 할아버지가 물려주신 시골 땅에서 진료를 보고 농사도 지으며 작은 담마 센터를 열고 싶다고 했다. 요리는 할머니 손에 크며 어깨너머로 배웠는데, 출중한 실력으로 봉사 기간 내내 내가 엄마 손맛을 낼 수 있게 도와주었다. 국 담당이었던 나는 매일 아침 10시 40분이면 큰 솥단지에 70인분의 국을 끓인 후, 매니저를 향해 "매니저님~ 국 간 좀 봐주세요"를 외쳤다. 덕분에 수련생들 사이에서 국이 맛있었다는 칭찬이 자자했다.

코스를 마친 뒤 룸메이트는 원불교를 공부하고 있고, 코스 봉사에도 함께 참여한 동갑내기 남편과 네팔에 있는 위빠사나 명상 센터로 봉사를 하러 떠났다. 속 깊고 자연 친화적인 성향을 지닌 이 젊은 영혼은 나의 삶을 다시 돌아보게 했다.

담마 홀 앞에는 정원이 하나 있다. 수련생으로 참여했을 때는 잡초가 무성했는데 이번에는 눈에 띄게 정리된 것이 보였다. 정원 관리 봉사자 덕분이었다. 그러나 이번 봉사 기간에는 계속 비가 내려 정원의 나무를 다듬는 대신 나와 깻잎을 다듬게 되었다. 깻잎을 다듬는 동안 이분의 나눔 사랑 이야기를 듣는 것만으로도 마음이 씻겨져 내려가고 정화되는 기분이었다. 이런 아름다운 봉사자들로 인해 숙소와 담마 홀을 오갈 때마다 '생각의 길'이 그렇게 영감을 주었다고 생각하니 더욱 감사했다.

코스 시작 전, 봉사 초보자인 나는 '난 수련생으로 온 것이 아니고 봉사를 하러 온 사람이야'라는 우쭐한 마음이 어딘지 모르게 있었다. 그러던 중 봉사자를 위한 고엔카 선생님의 법문을 듣는데, 정확히 그 마음을 알아차리게 해주는 말씀을 하셨다. 봉사자들은 수련생들이 힘들게 자신의 마음을 수술하고 있음을 더욱 헤아리고 코스를 잘 마무리할 수 있게 돕는 역할을 해야 한다고 하셨다. 수련생들에게 나는 무엇을 해줄 수 있을까? 나는 내가 있는 주방에서 그 방법을 찾아보기로 했고, 음식에 맛과 멋을 낼 궁리를 하기 시작했다. 국에 들어갈 다시마를 밤새 우려 국을 끓이는 지혜도 그때 얻었다. 자아실현을 향한 길은 명상에 있다고만 생각했던 나였다. 그러나 내 가슴은 뜻밖에도 다시마를 우려낼 때마다 자신을 여는 법을 우려가고 있었다.

마지막 날, 함께 명상을 하며 눈물을 흘렸다. 10일 동안 나의 마음이 무한한 사랑으로 가득 차 있었음을 느꼈다. 이 눈물은 나보다 내 삶을 더 잘 알고 있는 우주가 내게 알려주고 싶은 것이 있어서 나를 다시 이곳으로 데려온 것이었음을 깨달은 감사와 감탄의 눈물이었다. '나, 나, 나'만을 외치던 이기적인 나는 이제 '당신'에게로 눈을 돌리기 시작했다.

트라우마 치유를 시작하다

왜 내가 숨을 참으면서 날 괴롭히고 있지? 목표 수심에 도달하지 못하면 어떡하지?

프리다이버라면 한 번쯤 이런 생각에 사로잡힐 때가 있다. 나에게는 '블랙아웃이 오면 어떡하지?'라는 생각도 추가된다.

블랙아웃 사고의 트라우마가 여전히 나를 따라다니던 어느 해, 모든 수심 종목의 트레이닝이 블랙아웃과 LMC[*]로 마무리되었다. 나의 무의식 세계는 온통 실패에 대한 부정적인 생각으로 지배당해 버렸다. 도저히 다시 시작할 용기가 나질 않았다.

하지만 우주는 언제나 다시 기회를 준다. 인도에서 요

[*] Loss of Motor Control: 운동 제어능력 상실, 산수결핍으로 몸에 경련이 일어나는 현상. 삼바Samba라고도 함.

가 수련, 히말라야에서 트레킹, 이집트의 조용한 국립해양공원인 라스 아부 갈룸Ras Abu Gallum에서 혼자 명상을 하며 시간을 보내는 동안 자연스럽게 프리다이빙 트레이닝을 시작할 준비가 되었다. 드디어 나의 문제와 마주할 용기가 생긴 것이다.

그때 마침, 사라와 해리가 나의 마음을 두드려주었다. 영국 프리다이빙 챔피언인 해리는 내가 사고를 겪은 직후, 2016년부터 그리스에서 함께 다이빙을 하며 많은 도움을 준 고마운 친구였다. 어느 날, 해리에게 이 고민 이야기를 털어놓았다. 내 이야기를 들은 해리는 사라 캠벨 코칭을 추천해주었다. 쿤달리니 요가 마스터이자 104미터 다이빙 기록을 가지고 있는 영국 프리다이빙 챔피언인 사라 캠벨은 성장 배경, 식습관 등 개인의 성향부터 깊이 파고들어 트라우마에 접근하는 독특한 스타일의 프리다이빙 코칭을 하고 있다고 했다. 나는 당장 사라를 만나겠다고 했다.

첫 번째 프라이빗 코칭 세션은 사라의 집에서 이루어졌다. 코칭 세션을 시작하기 전 함께 차를 마시는 동안, 나는 오늘 해리에게 배운 새로운 테크닉을 자랑하며 한껏 들떠 흥분을 가라앉히지 못하고 있었다. 오랜만에 트레이닝을 다시 시작한 탓에 극도의 행복감을 감추지 못하고 있었던 것이다.

사라는 여기부터 바로잡기 시작했다. 나에게 극도로

기뻐하거나 실망하는 감정적 변화를 보이는 경향이 있는 것 같다고 했다. 나는 내가 그런 성향이 있다는 걸 알고는 있었지만, 그냥 천성이려니 하고 살아왔다. 하지만 문제는 바로 거기에 있었던 것이다. 당시 나는 블랙아웃을 불러일으킨 나 자신에 대한 혐오와 새로운 기록에 대한 갈망으로 가득 찬 다이빙을 하고 있었다. 명상 초보 단계라 갈망, 혐오, 게으름, 망설임, 의심, 집착을 만나도 알아차리지 못하던 때였다.

다음 날, 산호가 만발한 다합 블루홀에서 다이빙 트레이닝이 진행되었다. 훨씬 더 편안해진 기분에 기뻤지만, 기뻐 날뛰는 대신 내면에서 깊게 우러나오는 미소로 감정의 반응을 대신했다. 유쾌한 감각을 갈망하지도, 불쾌한 감각을 혐오하지도 말라는 고엔카 선생님의 말씀도 떠올리며 평정심을 유지한 채 마음 상태를 그냥 바라보는 연습을 시작했다.

한 시간 동안 틀고 앉아 위빠사나 명상을 할 때도 마찬가지였다. 틀고 앉은 지 45분이 지나면, 46분부터 몸 한구석에서 느껴지는 불편한 감각이 강렬하게 느껴지기 시작했다.

'다리 자세를 바꿔서 내 몸을 편하게 만들까? 아니야, 굳게 결심했는데 포기하고 나면 나중에 후회할걸? 아니야, 내일도 있잖아. 내일부터 제대로 시작하자. 아니야, 한 번은 넘어봐야 그 성취감을 느껴볼 수 있지 않겠어? 그런데 무슨

수로 이 고통스러운 감각을 견디지? 들숨 날숨 호흡을 따라가보자. 아니면 정수리부터 발끝까지 몸 구석구석 느껴지는 감각을 바라보며 주의를 모아보자.'

이러다 보면 어느새 고통은 사라져버렸고, 어느덧 나 자신과 약속했던 한 시간이 되어 있곤 했다.

명상을 하는 동안에 여러 가지 감각을 만났다. 그 감각들을 만날 때마다 제각각 다른 마음 상태를 바라봤다. 편안하고 온몸에 기가 흐르는 것이 느껴지면 평정심은 온데간데없고 황홀감에 젖어 들었다. 다음 날 같은 기분을 기대하며 틀고 앉지만, 그 황홀감은 매일 같이 찾아오는 것은 아니었다. 불편한 감각을 만나면 그렇지 않은 다른 날과 비교하며, 나 스스로 불행과 행복을 만드는 순간을 바라보았다. 이렇게 '모든 것은 영원하지 않고, 항상 변한다'는 아니짜의 원리를 다시 알아차렸다.

이 모든 과정이 강렬한 낙인으로 남아 있던 트라우마를 점점 녹여내고 있었다. 죄의식, 두려움, 불안 같은 잠재의식 정화 효과가 있다고 전해지는 '사타나마Sa Ta Na Ma' 만트라를 반복하는 쿤달리니 명상법도 큰 도움이 되었다. 인생은 우주의 무한한 가능성과 삶과 죽음 그리고 환생을 통해 돌고 도는 것이라는 진리를 마음에 새길수록 중립적인 마음이 견고하게 자리 잡혀갔다.

그때 알았다. 이 무상함을 알아차리지 못하고 평정심 없는 삶을 살아간다면 바다라는 어마어마하게 광활한 자연에 안겨 있으면서도 지금 내가 얼마나 감사한 순간에 놓여 있는지를 깨닫기 어렵다는 것을.

홀리스틱 프리다이빙 프로그램

사라 캠벨과의 인연은 이집트 다합에서 열린 '홀리스틱 프리다이빙 프로그램'으로 이어졌다. 이 프로그램은 단순한 프리다이빙 트레이닝이 아니었다. 프리다이버를 대상으로 요가와 명상, 프리다이빙을 결합하여 몸, 마음, 정신을 단련하는 프로그램이었다. 오전에는 요가 스튜디오에서 이론 수업과 쿤달리니 요가와 다양한 쿤달리니 명상을 수련하고, 오후에는 수업 장소를 바다로 옮겨와 깨어 있음, 알아차림, 에고 내려놓기 등 오전에 배웠던 내용을 프리다이빙에 적용했다.

사라는 어린 시절에 겪었던 엄격한 교육방식과 가정환경, 내가 아닌 다른 이들의 기대치에 부응하려다 생긴 허영심과 억압감, 상실감 등이 만들어낸 트라우마를 직면할 수 있게 이끌어주었다. 치유 과정 동안 서서히 내 안에 또 다른 자아가 자리 잡고 앉아 나를 판단하기 시작했다. 그 또 다른

자아는 순간순간 어떠한 상황을 마주할 때, 반응하기 전에 생각하는 시간을 가지라고 조언하는 충실한 비서가 되어갔다. 그러면서 나는 의식의 변화를 더욱 잘 관찰할 수 있게 되었고, 내면의 변화와 깨달음을 만났다.

어느 날 사라는 "오늘은 바다에서 모든 생각을 비우고, 단지 바다를 느끼려 노력해보세요"라는 주문을 하면서 바다와 나 사이의 통역자 역할을 해주었다. 하강하는 동안 내면에 일어나는 마음 상태가 오롯이 보이기 시작했다. 난 늘 다섯 살짜리 아이처럼 바다에게 뭔가 요구하고 있었던 것이다. 잔잔한 충격이었다. 내 인생에서 깨어 있지 않은 순간들이 얼마나 많이 일어나고 있었는지 깨달았다. 이제는 바다에게 내 얘기를 들어달라고 요구하는 대신, 바다가 나에게 하고 싶은 이야기를 들려달라고 했다. 그러자 바다와 나 사이에는 오직 "평화"라는 단어만이 존재했다.

프로그램 후반부로 갈수록 명상 시간 내내 눈물은 멈추지 않았고, 바다에서 진행되는 세션에서도 눈물은 계속 흘렀다. "공감과 향수, 책임감, 감사 몇 방울에 물에 대한 사랑한 큰술이 합쳐지면 우리는 이 모든 것을 바로잡을 기회를 얻게 된다"[*]라는 《블루마인드》의 한 구절처럼, 바다에 몸을

---

[*] 월러스 J. 니콜스, 앞의 책.

담그고 있는 동안 무엇인가가 한 꺼풀 더 벗겨지고 있는 듯했다. 머리로만 이해되는 지적 수준의 깨우침이 아닌, 바다와 나의 피부가 만나면서 세포 하나하나까지 깊이 파고드는 내적 깨우침이 일어나고 있었다.

세상의 모든 사물, 사람, 자연의 존재 의미가 다르게 다가왔다. 바다에 내 몸을 띄워놓고 있는 지금 이 순간, 바다는 나에게 부끄러움 없이 내 모든 것을 세상 앞에서 다 들추어 진실되게 마주하라는 용기를 실어주고 있었다. 그리고 이날 바다는 나 자신이 내 다이빙의, 그리고 내 삶의 코치가 될 수 있다는 자신감도 심어주었다.

홀리스틱 프리다이빙 프로그램은 내 삶을 얼마나 사랑으로 보살펴야 하는지를 배우는 계기가 되었다. 그리고 나는 나에게 주어진 사랑을 공유할 수 있는 무한한 잠재력이 있음을 보았다. 미국의 뮤지션 린다 론스태드^{Linda Ronstadt}는 "우리는 하지 않고는 못 견디기 때문에 어떤 일을 한다. 그것이 그일을 하는 가장 좋은 이유다"[*]라고 말했다. 이제 나는 남에게 보여주기 위한 일을 하며 영혼 없이 인생을 허비하지 않고, 매 순간 깨어 있으려 노력하고, 좋아하는 일을 하며 가슴 뛰는 일을 하는 데 시간을 쓴다.

---

* 월러스 J. 니콜스, 앞의 책.

바다와 화해한 날

나는 꾸미기를 좋아하는 아이였다. 성악을 공부할 때도 무대에서 노래할 일이 생기면 스스로 무대 메이크업을 했다. 열심히 화장하던 아이는 교사가 되면서 애정하던 화장을 포기했다. 학교에서 등교 지도를 맡은 해에는 아침 6시 또는 7시에 출근하느라 화장할 시간이 빠듯했기 때문이다. 그리고 세계여행을 시작하고부터는 아예 화장을 잊은 지 오래였다. 프리다이버는 물속에 들어가면 얼굴에도 마음에도 가면을 쓸 수 없기 때문이다.

하지만 오늘은 화장대에 앉아 곱게 화장을 했다. 세계여행을 시작한 지 7개월 만이었다. 그를 만나러 가야 하기 때문이다. 그의 위대함을 알지 못하고 예의 없이 덤볐던 나의 과오를 사죄하기 위한 날이기에, 나는 내가 할 수 있는 최대한의 예의를 갖추고 싶었다.

약속 시간은 오후 1시 30분. 비장한 마음으로 만남을 준비했지만, 약속한 시간이 다가올수록 초조해지기 시작한다. 지난번 아프게 만나고 헤어진 기억이 떠올라서 어린아이처럼 눈물이 자꾸 나오려고 한다. 세계여행을 혼자 떠나겠다고 큰소리치던 용감한 여장부는 어디로 사라졌는지 원. 그의 품은 넓고 따뜻하다고, 날 다시 받아줄 거라고, 다독여줄 거라고. 이렇게 다시 나를 설득해보지만 그가 성이 나면 얼마나 무서운지 알기에 불안하다. 나는 최대한 그의 품을 피부로 그리고 나의 온 감각과 마음으로 느끼기 위해 몸을 모두 감싸는 프리다이빙 슈트 대신 수영복을 택했다.

드디어 그를 만나기로 한 약속 시간. 조심스레 보트에서 내려 그를 만나러 들어갔다. 감정에 복받쳐 올라오려는 눈물을 입술을 깨물며 꾹 참고 그에게 기도를 바치며 인사를 건넸다.

'용서를 구하러 왔어요. 당신에게 도전하려고 했던 나의 에고와 지난 과오를. 부디 내 사과를 받아주세요.'

그는 나를 말없이 감싸 안아주고 돌려보내 주었다. 그의 품은 참으로 포근했다. 참았던 눈물이 폭발할 것 같았다.

다이빙을 끝내고 커다란 배 2층으로 올라와 뱃머리 쪽으로 향했다. 남들에게 들킬까 평소에 잘 쓰지 않는 선글라스를 쓰고 태닝을 하러 온 사람처럼 우아하게 태연한 척 바

다 쪽을 향해 있는 뱃머리 끝에 앉았다. 그리고 7개월 동안 참아왔던 울음을 다 쏟아냈다.

이렇게 나는 터키에서 열린 월드 챔피언십에서 바다와 화해했다. 블랙아웃 트라우마를 겪었던 CNF 종목에 다시 출전했던, 나에게는 역사적인 날의 기억이다. 내게 깊은 트라우마를 안겨준 바다였지만, 나는 도망가지 않고 계속 프리다이빙을 하며 바다와 다시 마주할 날을 기다렸다.

"바다를 사랑하는 사람이 있는가 하면, 이를 두려워하는 사람도 있다. 나는 바다를 사랑하고, 미워하고, 두려워하고, 경외하며, 화를 내기도 하고, 소중히 여기고, 혐오하고, 자주 저주도 한다. 바다는 내게서 최상을, 가끔은 최악을 이끌어낸다."[*]

103일 동안 홀로 노를 저어 대서양을 횡단했던 모험가 로즈 새비지Roz Savage의 말이 이토록 와닿은 순간은 없었다. 이제야 마음의 상처가 씻겨 내려가는 듯했다.

이 대회 이후로 나는 다이빙이 끝나면 수면을 한 바퀴 돌며 바다에게 감사 인사를 하는 나만의 의식을 치른다. 이제는 내가 바다를 보살펴주겠다고 다짐하며.

---

[*] 월러스 J. 니콜스, 앞의 책.

나의 내맡김 실험

바다와 화해한 지 1년 반이 흘렀다. 〈세계 테마 기행〉 그리스 촬영과 바하마 대회 일정이 겹친 적이 있었다. 대회를 포기해야 하나, 촬영을 포기해야 하나. 갈등이 깊어져 가던 때, 나는 자리를 틀고 앉아 명상에 들어갔다.

어차피 메달이 나의 목표가 아니라면 대회 참가가 무슨 문제란 말인가. 그러나 트레이닝을 안 한 상태에서 대회에 참가하면 부끄러울 것 같았다. 꼴등을 할 것 같은 예감도 나를 불편하게 했다(점점 프리다이빙은 다른 이와의 경쟁이 의미 없는 스포츠라는 걸 깨닫게 되었지만). 나는 이렇게 대회를 포기할 이유를 찾고 있었다. 그리고 지금 이렇게 갈등하는 이유가 사람들 앞에서 실패하는 것에 대한 두려움 때문이라는 사실도 알게 되었다.

나는 마이클 싱어가 《될 일은 된다》에서 준비되지 않은 시험을 앞두고 이 일을 에고의 죽음을 바라볼 기회로 생각하고 내맡겼던 것처럼, 이번 대회를 남의 시선을 의식하는 모습을 없앨 수 있는 절호의 기회로 사용하기로 했다. 목표 수심을 낮게 적어내고 마지막 선수로 참여해서 내 에고의 고통스러운 죽음을 겸허한 마음으로 바라보기로 했다. 나는 과감히 뛰어들어 삶의 흐름에 몸을 맡길 준비가 되어 있었다.

대회 두 달 전, 1년 만에 다시 맛보는 바하마 롱 아일랜드 딘스 블루홀의 어두운 바다에 적응하며 대회 준비에 집중하고 있을 때였다. 〈세계 테마 기행〉 촬영 팀에서 연락이 왔다. 촬영 일정이 당초 계획보다 늘어났다는 것이다. 이 일정대로 촬영에 들어가면 대회가 시작되는 날까지 바하마로 다시 돌아올 수 없었다. 하지만 대회를 포기할 수는 없었다. 중요한 실험이 나를 기다리고 있었으니까. 나는 촬영 일정을 줄이고 줄여 하루 전날에 대회장에 도착할 수 있도록 협의를 마쳤다. 그렇게 대회 한 달 전, 40여 명의 프리다이버가 슬슬 대회장에 도착하기 시작할 무렵 나는 반대로 이 섬을 떠났다.

대회 시작 하루 전날, 나는 촬영을 마치고 그리스에서 다시 바하마에 도착했다. 매일 "깔리메라(그리스어로 '굿모닝')"를 외치며 신나게 촬영에 임하다 돌아온 터라, 프리다이버 틈 사이에 있는 게 어색할 지경이었다.

대회 첫날이 밝았다. 같은 숙소에 머물던 중국, 일본, 미국 챔피언들은 블랙아웃으로 인한 레드카드, 모든 것이 완벽했으나 타깃 수심에 못 미친 얼리 턴Early turn으로 인한 옐로카드를 받아와 찝찝한 얼굴을 하고 있었다. 반면 이제 막 대회장에 도착해 다이빙을 어떻게 하는 거였는지도 가물가물해진 상태로 대회에 임한 나는, 다섯 명의 선수가 함께 머물던 숙소에서 유일하게 화이트 카드를 받아 미소 짓고 있는 선수가 되었다. 대회란 각본 없는 드라마라는 법칙은 여기서도 적용됐다.

11일 동안 열리는 이 대회에서는 총 여섯 번의 다이빙 기회가 주어졌고, 종목은 선수가 택할 수 있었다. 딘스 블루홀 위로 보이는 하늘에는 이번 대회에 참여한 선수들의 국기가 펄럭이고 있었다.

한차례 소나기가 지나간 오후, 쨍쨍한 햇살에 우리나라 국기가 하늘에 떠 있는 무지개와 함께 유난히 빛나게 다가오던 날이었다. 매일 따뜻한 카리브해의 날씨를 만끽하러 오후 산책을 한 후 블루홀에서 수영을 즐기고 나오는데, 바하마 동네 주민들이 비치 의자에 가족 단위로 앉아 바비큐 파티를 하며 칼릭(바하마 현지 맥주)을 권했다. 바하마 동네 주민들의 해 질 무렵 오후 일상의 한가한 장면에 나도 제법 자연스레 젖어 들고 있었다. 슈트 대신 수영복을 입고 얕은 수

162

심에서 핀(오리발) 없이 헤엄쳐 내려갔다 올라오길 반복하며 놀다 보니 대회에 참가하고 있다는 사실을 잊어버릴 만큼 신나고 재미있었다. 마치 어릴 때 외가가 있던 시골 개울가에서 신나게 물장구치고 놀다 나온 기분이었다. 이렇게 재미나게 즐기고 있는 것이 프리다이빙의 가장 순수한 종목인, 핀 없이 헤엄쳐 내려가는 종목인 CNF란 걸 알았다. 남은 대회에서는 슈트도 다 벗어던지고, 수영복만 입고 CNF를 시도해보고 싶다는 생각이 들었다. 어느 누구를 위한 다이빙도 아닌, 지금처럼 즐기는 다이빙을 대회에서 할 수 있으리라는 확신이 들었다.

그렇게 시도한 CNF 다이빙 두 번째 날, 마지막 대회가 시작되었다. 숨을 고르고 다이빙을 준비하는 동안, 어찌 된 일인지 마음이 고요했다. 전날 CNF 다이빙과 달리 어떠한 두려움도 없었다. 터키에서 사고 이후 처음으로 CNF를 대회에서 시도하던 날 울컥하던 모습은 온데간데없이 사라졌다. 온전한 내맡김. 내맡기는 실험에 확신이 찬 자의 편안한 모습이었다. 나는 온 피부에 느껴지는 물살을 가르며 헤엄쳐 내려가 프리폴을 시작한 지 얼마 안 돼 바텀 플레이트에 도착했다. 아빠 무등을 타고 한참 재미있게 집으로 돌아가다가 아직 내려오고 싶지 않는데 이미 집에 도착해버린 어린아이처럼, 바다 무등을 타고 헤엄치고 놀다 수면에 도착해버려

아쉬웠다. 물 위에 올라와 첫 숨을 쉬며 "아이 엠 오케이"라고 심판에게 프로토콜을 보내는 내 목소리는 몹시 차분했다.

"비앙카 선영 킴, 화이트 카드! 코리아 뉴 내셔널 레코드!"

심판의 목소리가 딘스 블루홀에 울려 퍼졌고, 관중 속에서는 크나큰 환호성이 터져 나왔다. 축하 물세례에 눈을 뜨기 어려웠다. 나를 코칭해주겠다고 나섰던, 지금은 고인이 된 CNF 세계 챔피언인 사유리 키노시타 선수가 제일 먼저 다가와 꼬옥 안아주었다.

나는 놀라움도 기쁨도 없었다. 왜냐면 이미 알고 있었기 때문이다. 이 내맡김이 나를 어디로 데려다줄지를. 나는 차분히 미소를 지으며, 내맡기는 삶을 살게 된 것에 대한 감사의 환희를 맛보았다. 사유리의 뒤로 펄럭이던 대한민국 국기가 먼발치서 나에게 속삭이는 듯했다.

"한국 프리다이빙 CNF 챔피언이 최종 목표는 아니지 않은가? 자네, 너무 많이 왔네. 이제 자네 갈 길을 가게나!"

그렇게 나는 대회 마지막 날 한국 최고 신기록을 달성했다. 마음의 저항을 내려놓지 않았더라면 일어나지 않았을 기적이었다. 물 공포증을 극복하고자 프리다이빙을 배웠고, 사고를 당해 죽다 살아났고, 다시 그 트라우마를 떨치기 위해 고요히 안간힘을 쓰다 프리다이빙 챔피언이 된 것이다. 삶은 자기가 알아서 할 테니 너는 그냥 믿고 따라오라고 말하는 듯했다. 과감히 그 부름에 응할 용기가 생긴 걸 보면 내 삶의 방식이 변해도 참 많이 변했다. 나를 도망가게 할 합당한 근거를 찾느라 분주해하는 대신, 이제는 내맡긴다.

바다가 들려주는 이야기

철인 3종 경기를 하던 분이 처음 프리다이빙을 배우며 이런 말씀을 하셨다.

"철인 3종 경기에서는 '중도 하차란 절대 없다' 주의인데, 프리다이빙은 중도 하차를 잘 하는 게 중요하네요."

그렇다. 프리다이빙은 결과에 집착하기보다는 자기 자신을 잘 알아차리는 게 정말 중요하다. 기술만 훈련한다고되는 게 아니다. 그래서 프리다이빙은 참 심오한 스포츠다.

프리다이빙을 처음 시작했을 때는 단지 프리다이빙의기술과 장비에 열을 올렸다. 귀 압력 평형 기술인 프렌젤frenzel과 마우스필mouth fill 같은 프리다이빙 테크닉 용어만을 운운하기에도 시간이 모자랐다. 좀더 멋있어 보이는 장비를 구입해야만 다이빙이 잘 될 것만 같았다. 그리고 인생 사진을 남기겠다며 자꾸 떠오르려는 몸을 애써 피닝(오리발을 차는 행동)으로 만회하며 카메라 앞에서 포즈를 취하곤 했다. 그때는 물에서 편안하게 노는 방법도, 물을 이해하고 섬기는 방법도 몰랐다.

세계여행을 떠난 지 어느덧 6년이 흘렀고, 그 사이 스물두 번의 프리다이빙 대회에 참가했다. 대회를 준비하는 동안 나도 모르게 숫자를 좇거나, 나 자신을 드러내 보이거나, 남들과 경쟁하는 마음으로 기술을 연마하겠다는 목표를 가지고 바다에 나갔다. 그리고 프리다이빙 트레이닝을 엄격하게 이어나갔다. 내 주의를 다른 곳으로 분산시키는 것은 무엇이든 차단할 마음 준비가 되어 있었다.

사고로 인한 트라우마가 있는 CNF 종목에서 한국신기록도 달성했고, FIM 70미터 다이빙을 성공하면서 블랙아웃 트라우마도 극복했다. 하지만 나는 바다 더 깊이 내려가고 싶었다. 대체 언제까지 프리다이빙을 해야 이 갈증이 해결될지 의문이 들었다.

그래서 한동안은 프리다이빙 트레이닝을 멈추고 오로지 요가, 명상 공부를 하며 마음공부에 집중하는 시간을 가졌다. 프리다이빙이든 요가든 명상이든 결국 행복해지기 위해서 이 모든 것을 하고 있다는 것을 상기하기 위해서였다. 하나에 집착할 필요가 없었다. 그렇게 한동안 요가 수련에 매진한 시간은 신체의 근력과 유연성에 긍정적 변화를 가져다주었음은 물론이고, 요기의 평화로운 삶으로 인도해주었다. 프리다이빙을 하는 데 있어 숫자나 테크닉에 대한 집착을 충분히 내려놓을수록 바다는 더 소중한 존재로 다가왔다.

이제는 바다에서 알아차림을 공부할 시간이다. 실로 오랜만에 시작하는 프리다이빙 트레이닝이었다. 요가와 명상을 공부하는 동안 내 안에서 일어난 변화를 바다에서 느끼고 싶었다. 이제는 물을 이기려 하지 않고, 물을 이해하려 했다.

하루의 명상을 시작하듯, 바다가 들려주는 이야기를 들으려는 마음으로 호흡을 고르다 바다 밑으로 내려갔다. 바다를 사랑하고 섬기는 마음이 더해진 몸은 물 안에서 달라지기 시작했다. 바다에서 숨을 머금고 내려가 있는 시간은 고요히 나를 바라볼 수 있는 시간으로 다가왔다. 마음에서 일어나고 있는 동요가 거울을 보고 있는 것처럼 선명하게 보였다. 어느새 바다는 명상 홀로 바뀌어 있었다.

비타민C의 효능을 발견한 헝가리의 생화학자 얼베르트 센트죄르지는 "물은 생명의 구성 물질이자 기반이고 어머니이자 매개체이다. 물 없이는 생명도 없다"[*]고 말했다. 바다는 우리에게 재미, 휴식, 더 큰 자유를 찾아 감정적으로 깊이 여행할 수 있는 법을 선물해주고 있었다. 문명에 익숙해진 나는 테크닉, 소유물, 유쾌한 감각에 집착하거나 불쾌한

---

[*] 월러스 J. 니콜스, 앞의 책.

감각을 혐오하며 이 자연의 선물을 잊어버리고 살고 있었다.

프리다이빙은 자연이 인간에게 준비한 선물을 알아볼 수 있게 해준다. 프리다이빙을 배우고 바다가 좋아졌고, 편해졌고, 잠자리에 들기 전부터 아침에 눈을 뜨면 물안경을 들고 바다로 걸어나가는 순간이 기다려졌다. 점점 마음의 여유를 챙기고 자연에게 눈과 귀, 마음을 열게 되었다. 인간의 시선이 아닌 물고기의 시선으로 바다 속을 바라보는 여유도 생겼다. 마치 물고기 집에 초대받아 그들의 세상에 입장한 기분이었다. 식사 중인 물고기, 평온하게 명상하고 있는 물고기, 사랑에 빠진 물고기 등 다양한 그들의 모습을 바라보고 있노라면 세상의 모든 걱정 근심은 기억 저편 속으로 사라져버렸다.

나는 지금 프리다이빙을 통해 자연과 합일되는 순간을 누리며 행복함을 더욱 느끼고 있다. 프리다이빙의 참 의미대로 '프리한' 다이빙을 하며 해방감, 자유를 느낀다. 영적인 교감을 느낄 수 있는 바다라는 대상이 자연에 존재함을 깨달은 것이다. 그사이 잠재력은 자연스럽게 고개를 내민다. 이 재미, 나도 모르는 사이 나의 한계치가 늘어나고 성장해가는 경이로움. 자연이 자연스럽게 주는 선물이다. 좇으려 하는 것이 아니라, 다가가려 애쓰는 것이 아니라 자연의 품에 있다 보니 어느덧 그곳에 도달해 있는 것이다. 인생이 그러하듯.

4부

출수

우주는 모든 계획을 가지고
우리가 각자 할 수 있는 임무를 주어
이 지구에 보내준다.
나는 나와 내 주변 사람들의 삶을 통해
이 사실을 매 순간 확인하곤 한다.

다합에 닻을 내리다

인도 마이소르에서 요가와 명상을 하며 지내는 생활은 평화로웠지만 무언가 부족했다. 바다의 부재였다. 그래서 근사한 바다 환경과 럭셔리한 생활 조건이 갖춰진 곳에서도 지내봤지만 여전히 어딘가 텅 비어 있었다. 평화로운 사람들이 만들어내는 에너지가 없었던 것이다.

여행이 길어지면서 나는 나만의 정체성을 찾아가고 있었고, 나에게 필요한 것이 무엇인지도 알 수 있었다. 여행 종착지에는 바닥에 둘러앉아 전인권의 〈걱정 말아요 그대〉를 함께 부르며 향수에 젖고, 김치전 한 접시를 감동하며 먹을 수 있는 이들이 절실하게 필요하다는 것을.

그러다 다합을 다시 만났다. 성서에 나오는 성스러운 땅 시나이반도에 있는 다합은 베두인의 삶의 안식처이자 아픔이 묻어 있는 땅으로 바다와 사막이 만들어내는 독특한 에

너지가 흐르고 있었다. 이는 나에게 매우 강렬한 끌림으로 다가왔다. 마침 프리다이빙 인기가 높아지면서 한국에서 다합까지 프리다이빙을 배우러 오는 젊은 사람들이 늘어나고 있었다. 그 영향으로 다합에는 아기자기한 한국인 커뮤니티가 많이 생겨나는 시점이었다.

　　아름다운 산호가 만발해 있는 홍해와 프리다이버의 놀이터인 블루홀이 있고, 요가와 명상을 가르치거나 배우고자 하는 이들이 살고 있는 다합은 내가 긴 여행의 닻을 내릴 장소로 충분했다.

　　하지만 다합에 정착하기로 결정한 이유가 환경 때문만은 아니었다. 2013년 1월. 스쿠버다이빙 마스터 과정을 배우러 다합으로 아프리카 바다 여행을 떠난 적이 있었다. 그때 우연히 스쿠버다이빙 센터에서 만난 강현진 사부님과의 인연은 나의 인생을 바꿔놓았다. 지금은 SSI* 프리다이빙 단체의 코스 디렉터(쉽게 말해, 태양신 같은 존재다)가 된 강현진 사부님은 당시에는 느리게 인생을 걷고 있던 5년 차 배낭여행자였다. 나는 사부님의 첫 프리다이빙 제자가 되었다.

　　당시 나는 서울 생활에 많이 지쳐 있었다. 도시에서 살아내기 위해 숨 가쁘게 지내왔던 나에게 프리다이빙은 힐링

---

* 　Scuba School International: 1970년 스쿠버 다이빙 교육을 시작했고, 지금은 프리다이빙 자격증을 발급하는 단체 중 하나다.

그 자체였다. 바다 위에 떠서 부이를 잡고 숨을 고르며 나 자신을 바라보는 시간이 너무나 평화로웠다. 한편으로는 힘든 순간을 견뎌내지 못하는 나의 불편한 모습을 처음으로 마주하기도 했다. 두려움에 사로잡히면 포기할 이유를 찾는 나도 이때 처음 만났다. 이럴 때마다 사부님은 나에게 조급해할 필요 없으니, 몸에 힘을 빼고 편안하게 호흡을 바라보며 이완된 상태를 유지하라고 가이드를 해주었다. 보고 싶지 않은 나의 모습을 알아가는 재미 아닌 재미를 천천히 찾아갈 수 있었던 것도, 프리다이빙을 만나 바다와 흠뻑 사랑에 빠진 것도 모두 사부님 덕분이다. 이 인연은 내가 다합에 닻을 내리는 데 큰 역할을 했다.

강현진 사부님에게 프리다이빙을 배운 지 5년이 흘렀을 때였다. 오랜만에 사부님에게 문안 인사를 올렸다.

"지구 어디쯤 계세요?" "당분간 다합에 있을 거예요. 경주도 같이." "그럼 저 지금 비행기 티켓 삽니다. 경주랑 딴 데 가시면 안 돼요."

그렇게 다합에서 다시 만난 강현진, 고경주 강사 부부는 고맙게도 5년 전 모습 그대로였다. 바다를 향한 순수한 사랑과 열정으로 다합 생활을 즐기고 있는 그들의 모습을 보니 행복했다. 그리고 다합에서 살아야겠다고 결심했다.

그들은 보통의 프리다이빙 센터와는 조금은 다른 센터

를 꾸려 그들이 바라는 바다를 만들기 위한 여러 문화들을 전파하며 사랑을 실천하고 있었다. 이름은 '바라던바다.' 하루는 바라던바다에서 주최하는 비치 클리닝 캠페인에 참여한 적이 있었다. 비치 클리닝 캠페인은 정기적으로 바라던바다 학생들과 다합 사람들이 함께 해변에 있는 쓰레기를 주우며 바다 오염의 심각성을 알리는 이벤트다. 나는 이 커플이 자연과 더불어 살아가는 모습을 아주 가까이서 지켜보며, 바다에서 내 즐거움만을 찾아가는 것이 아니라 바다를 아끼고 사랑하며 지켜주는 마음을 가꾸고 나누며 살아가는 것이 내가 앞으로 바다와 함께 오랫동안 올바르게 살아가는 방법이라는 것을 배웠다.

　　우리 셋은 이른 아침에 프리다이빙에서 가장 기본이 되는 지상 스테틱(숨 참기 종목) 스터디 모임을 하기도 했다. 우리는 이들 부부가 살고 있는 집의 아담한 앞마당에서 아침 햇살을 맞으며 고양이 징코, 양코, 부엉이 틈에 다닥다닥 붙은 채 누워서 이산화탄소 테이블[*]과 산소 테이블[**] 훈련을 했다. 이후 아침 일정이 없는 날에는 간단히 아침을 먹으며 담소를 나눴다. 비슷한 삶의 가치관을 가진 이들과 이야기를 나눌 때마다 다합을 새로운 둥지로 택하기 참 잘했다는 생각

[*]　높은 수준의 이산화탄소에 대한 내성 기르기 훈련법.
[**]　낮은 수준의 산소에 적응하는 훈련법.

이 들었다.

　　이렇게 다합 생활 초창기 큰 버팀목이 되어준 그들은 나에게 많은 추억을 남겨준 채 코로나19 이후, 고양이 집사를 고용해두고 기약 없이 한국으로 떠났다. 그들이 뿌려두고 간, 바다와 더불어 소소하게 살아가는 삶의 씨앗은 나의 삶을 통해 지금도 무럭무럭 자라나고 있다.

삶이 나를 어디로 데려가든

세계여행을 하는 동안 영혼이 치유되면서, 나는 때가 되면 음악 교사로 다시 살아가야겠다고 마음먹고 있었다. 하지만 삶은 내게 프리다이버로서 살아갈 기회를 계속 만들어주고 있었다. 한국에서 프리다이빙 워크숍을 하자는 제의, 한국의 프리다이빙 발전을 위해 협회 감투를 맡아달라는 제의, 프리다이빙 교재를 출판하자는 제의, 프리다이빙 선수 스폰서십 제의, TV 출연 제의가 들어오기 시작했다. 삶이 우리에게 주려는 것이 우리가 애써 얻어내려 하는 것보다 훨씬 더 많다는 것을 느꼈다. 프리다이빙에 대한 열정을 돈을 버는 수단으로 남용하지 않고 의미 있게 쓰기 위해서는 늘 깨어 있어야 했다. 그래야 내가 이 지구에 온 임무를 올바르게 수행할 수 있고, 그 우주의 선물을 알아차리고 감사할 수 있다는 걸 알아가고 있었기 때문이다.

하지만 삶은 전혀 생각지도 못했던 기회를 덥석 안겨주기도 했다. 세계여행을 떠난 지 2년이 지났을 무렵, 잠깐 한국에 들어왔을 때였다. 택시를 타고 가던 중 전화벨이 울렸다.

"EBS 〈세계 테마 기행〉 작가인데요. 올여름 그리스 편 큐레이터로 섭외하고자 연락 드렸어요."

〈세계 테마 기행〉은 내가 가장 즐겨보던 프로그램이었다. 하지만 그 당시 나는 처음으로 한 프리다이빙 업체의 협찬을 받아 큰 규모의 프리다이빙 대회를 준비하고 있었고, 마침 계약을 하러 가던 길이었다. 아… 왜 하필 지금인가?

"어떻게 알고 연락 주셨는지 모르겠지만, 감사합니다. 그런데 불가능합니다."

"아… 그럼 혹시 그리스 관련 정보라도 주실 수 있으세요?"

좋은 프로그램을 만들려는 작가의 의지가 목소리에서 간절히 느껴졌다. 그렇게 한 시간 정도 이어진 통화는 결국 "안 돼요, 안 돼요"를 "돼요, 돼요"로 만들어버렸다.

나는 제작진이 왜 나를 섭외했는지 궁금했다. 알고 보니 교육학 석사 전공, 고등학교 교사 경력이 있는 프리다이버라는 독특한 이력이 제작진에게 큰 신뢰감을 줬다고 했다. 이 특이한 경력은 시청자들에게 정보를 전달할 때와 내레이션을 녹음할 때도 큰 도움이 되었다. 역시 쓸모없는 경험은 없다.

다음 해 여름, 〈세계 테마 기행〉 제작팀에서 다시 섭외가 들어왔다. 이번에는 지중해로 떠나는 기획이었다. 이름하여 '로맨틱 지중해' 편. 그리스 중세 도시 로도스^{Rhodes} 촬영이 시작된 어느 날. 작은 카페 거리에서 중절모를 지긋이 눌러쓴 어르신이 근사한 솜씨로 감미로운 클래식 기타를 연주하며 중세 도시 거리에 로맨스를 더해주고 있었다. 프리다이빙에 빠져 있느라 음악 전공자였다는 사실을 잊고 지냈는데 오랜만에 몸 안에 잠자고 있던 음악 세포가 깨어나 발광하는 듯했다. 촬영 중인 것도 잊어버리고 나의 발길은 그곳으로 향했다.

나를 찾아 애타게 로도스 거리를 헤매고 있던 촬영팀은 군중이 모여든 곳 중심에 있는 나를 발견했다. 내가 소프라노로 변신하여 기타 치던 중절모 어르신과 이탈리아 가곡에서 라틴 음악까지 장르를 오가며 이 유럽의 중세 도시를 음악으로 수놓고 있었던 것이다.

노래를 부르는 동안 발바닥부터 나의 온몸의 에너지와 대지의 기운이 끌어올려지는 것을 느꼈다. 횡격막을 지나 비강을 통해 공명되어 발산되는 소리가 정수리를 통과해 하늘과 연결되는 것 같았다. 그러나 이것은 단지 소프라

노 발성에서 나온 소리가 아니었다. 음악을 내 삶에 두며 행복하게 살았던, 밝은 어린 시절이 떠올랐다. 내가 만들어내고 있는 소리는 오랫동안 잠자던 뜨거운 심장과 가슴 뛰는 삶과의 재회가 만들어낸 울림의 공명이었다. 이렇게 행복했던 내가 어쩌다 자살까지 계획했단 말인가. 가슴 한 켠에 박혀 있던 시린 아픔이 녹아내리는 것 같았다. 그리고 삶에 대한 애정과 활력이 다시 돌아오고 있음을 느꼈다. 피디와 카메라 감독은 행복에 가득 차 관객에 호응하는 나의 모습을 카메라에 담았다.

두 번의 〈세계 테마 기행〉 촬영은 내가 삶의 열정을 다시 찾을 수 있게 해준 중요한 시간이었다. 그 자유로운 느낌 속에서 나는 음악 교사가 아닌 프리다이버로서 삶을 계속 살아가겠다고 결정했다. 삶이 나를 어디로 데려가든 나를 내맡기겠다는 마음이 더욱더 깊어졌기 때문일 거다.

'비앙카 요가 센터'의 탄생

기분 좋은 사막의 봄바람이 불어오던 어느 날, 프리다이빙 워크숍을 마치고 프랑스에서 온 한 프리다이버 커플과 담소를 나누던 중 아내가 나에게 물었다. "비앙카, 명상은 어떻게 하는 거예요?" 나는 기회를 놓치지 않고 바로 다합 해변에서 오후에 일몰 명상을 함께하자고 제안했다.

명상이 끝나고 각자의 느낌을 나누던 중 아내가 대뜸 나에게 "비앙카, 우리 내일 코랄 코스트 호텔에 있는 웰빙 센터에 요가 수업 들으러 갈 건데, 같이 가서 거기서 수업을 할 수 있는지 알아보지 않을래요?"라고 물었다. 예전에 나눈 대화에서 '나누는 삶'을 실천하는 일환으로 무료 요가 수업을 해보고 싶다는 내 이야기를 기억하고 있었던 것이다.

처음엔 용기가 나지 않았다. 그러나 인도를 여행하는 동안 경험했던 요기들의 건강한 생활방식과 헌신하는 삶의 정신을 다합에 온 여행객들에게도 소개해주고 싶은 마음이 무척 컸다. 가족이나 친구처럼 편안하게 가르칠 수 있는 분이 한 명만 나타나면 함께 '수련'한다는 생각으로 나의 열정을 쏟아부을 자신은 넘쳤기에 "와이 낫, 코코넛?"을 외치며 따라나섰다.

나는 그렇게 웰빙 센터 대표 에마를 만났다. 에마는 나의 프로필을 점검한 후, 고개를 저었다. 내 생각은 존중하나 다른 요가 강사들의 생계를 존중하기 위해 무료 수업을 열기는 힘들다고 했다. 하지만 그녀는 다합이 지역 특성상 특별한 재능을 가진 이들이 국제적으로 많이 드나드는 곳이란 것을 잘 알고 있었다. 웰빙 센터가 그들의 재능을 공유할 발판이 되어 다합 문화생활의 질 향상에 도움이 되길 바라는 마인드를 가지고 있는 분이었다. 에마는 나에게 다른 요가 강사들의 수련생들에게 부과되는 금액과 달리, 내가 만날 수련생들에게 부담이 되지 않을 금액을 원하는 대로 결정하게 해주었다. 그리고 "비앙카 요가 강사 커리어 스페셜 프로모션"으로 홍보해주겠다고 제안했다. 절충책을 찾은 것이다.

나는 본격적으로 수업 준비에 들어갔다. 월요병에서 해방되기 위해 수업은 화요일부터 시작하고, 주 3회 수업을 열기로 했다. 나머지 기간은 라스 아부 갈룸으로 여행 속 여행을 떠나 나만의 명상 시간을 확보할 수 있는 일정을 만들었다.

　나는 무슨 일을 하건 그것에 온 열정을 쏟아붓는 근성이 있다. 내가 좋아하던 성악을 공부할 때도, 점점 좀비가 되어가는 아이들에게 음악으로 활기를 더해주기 위해 등굣길 음악회를 자진해서 추진하던 음악 교사 시절도, 버킷리스트 1번인 프리다이빙을 할 때도 그랬다. 요가 수업을 준비할 때도 그 근성은 나타났다. 새벽 4시에 일어나 5시에 요가 스튜디오에 도착해 6시 30분에 만나게 될 수련생들에게 좋은 기를 전달할 준비를 했다.

　수업은 성공적이었다. 요가 수업은 점점 더 많은 사람으로 채워졌다. 요가 수련을 하며 아침 에너지를 함께 나눌 사람이 이집트 다합이라는 작은 마을에 이렇게나 많다니, 참으로 놀라웠다. 그들과 그 자리에 함께 있을 수 있게 해준 삶에 얼마나 감사함을 느꼈는지 모른다.

　그렇게 생긴 자신감을 바탕으로 점점 다합 생활을 이어갈 수 있는 경제적 기반을 마련할 수 있었다. 머리로 이해하려고 하기보다는 삶을 내맡긴 결과로 평소 꿈꾸던 나만의 방식으로 일자리를 만들어갈 수 있게 되었다. 모든 것이 물 흐르듯 자연스럽게 해결되고 있었다.

　코로나19 상황과 무관하게 나의 에너지는 상승 곡선을 타고 있었다. 사막과 바다를 품은 독특한 에너지가 흐르는

다합은 내가 에고를 내려놓을 수 있게 도와주었다. 깨어 있는 순간이 늘어나면서 나눔에 대한 생각, 내가 세상에 온 이유와 이번 생에서 해야 할 임무를 알아차릴 수 있었다. 그리고 그 에너지를 돌려줄 기회가 찾아온다는 것도. 음악 교사 시절에 학생들과 음악의 즐거움을 나눌 때도 그랬고, 프리다이빙의 즐거움을 알리는 일을 할 때도 의미가 있는 일이라면 무료 봉사라도 기꺼이 나의 시간과 열정을 공유하고 싶었다.

나는 지금도 베두인 아이들의 음악 가정 교사, 홍해 클리닝 스노클링 캠페인 등 계속해서 더 많은 꿈을 하나둘씩 키워나가고 있다.

해변 명상을 나누다

위빠사나 명상에서는 명상을 마치고 나서 몸과 마음의 긴장을 가라앉히고 휴식을 취한 후, 마음 깊은 곳에서 타인의 행복을 기원하는 멧따[*] 시간을 갖는다. 이 시간은 모든 존재를 위한 선한 생각과 느낌으로 몸과 마음을 충만케 한다. 자비심은 내면이 더욱 평화로워질 때 자연스레 나타나는 결과인지라, 자비심을 느낄 때 더 평화로움을 느낀다.

서울을 떠나와 힘겨웠던 1년의 방황 아닌 방황 같은 여행이 끝나고 마음이 정돈되고 있었다. 여행이 길어지면서 조금씩 나를 돌아볼 수 있는 여유와 남에게 나누어줄 마음의 여유가 생기기 시작했다. 좀더 상대방의 관점에서 사물을 바라보려고 하고, 그들이 느끼는 것을 마치 내가 느끼는 것처

---

[*] Metta: 빠라미(공덕)라 불리는 마음의 훌륭한 열 가지 특성 중 하나. '에고가 없는 순수한 사랑의 공덕'을 뜻한다.

럼 마음을 열고 함께하려는 생각의 변화도 일어났다. 그러니 다른 모든 이들과 더 친밀하게 연결된 느낌이 들었다. 때가 온 것이다. 내가 이 세상에 온 이유를 깨닫고 비로소 그 임무를 수행할 의지가 샘솟기 시작했다.

나는 다합에서 나의 보금자리였던 '신밧드 캠핑장' 앞 해변에 사라졌던 일몰 명상 모임을 다시 만들었다. 해 질 무렵, 한 시간씩 앉을 기회를 만들어놓으니 점점 많은 이들이 관심을 가지고 찾아왔다. 가끔 명상을 한 번도 안 해봤는데 한번 앉아보고 싶다는 분이 나타나면 이런 얘기를 해주었다.

"지상에서 명상을 하는 건 바다에서 숨을 참는 것도 아니고, 심장 터지게 뛰는 것도 아니고, 그냥 단순히 앉아 있는 게 전부예요. 내가 생각하는 가장 편한 앉는 자세를 취한 후, 한 시간 동안 움직이지 않겠다고 굳게 결심하는 거죠. 계속 버텨도 블랙아웃이 오거나 다리가 부러지는 부상으로 이어지지 않는 명상, 세상 쉽죠? 그런데 시간이 지날수록 다리를 움직이고 싶거나, 머리카락을 정돈하고 싶거나, 모기에 물린 곳을 시원하게 긁어주고 싶다는 생각이 들기 시작해요. 바로 이때! 이때부터가 명상에서는 마음 수련의 시작입니다. 오직 나의 의지 시험이죠. 내면과 마주하기 시작하면서 평정심을 유지하는 지혜를 배우다 보면 인내심 근육이 살찌기 시작한답니다."

이곳 다합에서 만나는 요가 수련생들은 다양하다. 아프리카를 여행하는 젊은 배낭여행객부터 바쁜 직장 생활을 청산하고 무계획으로 일단 오는 사람도 있다. 한 번은 한국에서 간호사였던 아내와 함께 병원 일을 그만두고 새 인생을 시작하는 첫발로 다합에 프리다이빙을 배우러 온 부부가 요가 수업을 들으러 왔다. 남편은 요가 코스의 마지막 순서인 해변 명상을 마치고 이렇게 말했다. "실내 마룻바닥이 아닌 파도 소리를 바로 코앞에서 듣고 은은한 아침 햇살과 바다 향을 맡으며 명상을 하니, 더욱더 마음이 동요된 것 같았어요. 그리고 평소에 알고 있던 감각이 변하더라고요. 다리가 저려오는 불편한 감각이 불편하게 느껴지지 않고 파리가 나를 간지럽혀도 그냥 바라볼 수 있는 가운데 예민함과 무감각이라는 상반되는 감각의 변화를 관찰할 수 있었어요."

《블루마인드》에는 "물 가까이에서 살고, 여가를 즐기고, 생계를 해결하는 행운아들에게는 이런 건강과 웰빙, 치유 효과가 용솟음치고 있거나, 약간 나타나거나, 곧 나타날 것이다. 분명한 것은 우리가 가진 것을 알아보고 감사하면 할수록 이끌어낼 수 있는 혜택이 곱으로 더 늘어난다는 것이다"[*]라는 구절이 있다. 이날 바다는 그에게 용솟음치는 치유

---

[*] 월러스 J. 니콜스, 앞의 책.

효과를 주었음이 확실했다.

　　조용한 실내에서 진행해야 하고, 한 시간을 틀고 앉아야 하는 위빠사나 명상의 본질을 깨뜨리지는 않을까 우려되어 함께 명상하자는 제안을 망설일 때가 있었다. 그러나 명상을 한 번도 접해보지 않은 이들이 인생에서 명상을 처음 경험해보는 수단으로 아름다운 해변에 가만히 앉아 마음과 몸을 쉬게 해주는 접근은 옳았다는 확신이 들었다. 이 경험이 계기가 되어 계속해서 명상에 관심을 갖게 된다면 그것 자체가 나에겐 성공일 것이다.

　　이 부부는 1년째 첫 세계여행지인 다합에서 신혼생활을 알콩달콩 이어가고 있다. 덕분에 나는 엄마의 손맛이 그리워질 때마다 아내 수련생의 기가 막힌 미역국 맛을 만끽하고 있다.

메노르카 27밀리미터

홍해가 있는 이집트 다합에는 다양한 다이버들이 모여든다. 다합에서 요가, 명상, 프리다이빙을 하며 6개월째 거주하고 있던 때, 우연히 한 수중 사진작가를 만났다. 지중해 한가운데 있는 작은 섬 메노르카^{Menorca}에서 태어난 그는 모든 재산을 청산하고 카메라를 사서 도시를 떠나 바다 여행을 하고 있었다. 그의 이름은 '27밀리미터.' 자신이 좋아하는 렌즈가 27밀리미터라 활동명도 그렇게 지었다고 했다.

그는 한 달 계획으로 홍해에 왔지만 코로나19 때문에 두 달 동안 다합에 머물 수밖에 없었다. 덕분에 다합에 있는 많은 프리다이버는 라이트하우스, 라구나 등등 바다 구석구석에서 이 사진작가의 렌즈 안에 들어갈 수 있는 영광을 얻게 되었다.

프리다이빙계에서 그는 인간의 형태가 맑고 푸른 바다

와 평화롭게 상호 작용하는 순간을 포착하는 능력이 뛰어나기로 유명했다. 그래서 나는 당연히 그가 오랜 경험을 지닌 '프리다이버' 사진작가라고 생각했다.

하루는 27밀리미터가 다합에 거주하고 있던 '바라던바다'의 배소은 프리다이빙 강사와 함께 스노클링을 가는 데 동행했다. 그는 유난히 눈이 부시는 새 검정 슈트를 근사하게 차려입고 나왔다. 프리다이버의 기다란 핀에 거대한 하우징 카메라를 들고 있던 그의 모습은 프리다이빙 대회에서 흔히 보는 전형적인 숙련된 프리다이버 사진작가의 모습이었다. 스노클링이 끝나고 바다에서 나와서 배소은 강사와 차를 마시고 있는데, 27밀리미터는 해안에 앉아 새 슈트와 씨름하고 있었다.

"소은아, 곧 나오시겠지? 설마 도와드려야 하는 거 아니겠지?" "언니, 저 친구 프리다이빙 배운 적 없어요. 요즘에 프리다이빙 배우려고 어제 슈트를 구입했대요. 도와줘야 할 것 같아요."

그녀는 이렇게 말하며 27밀리미터에게 다가갔다. 체온 유지를 위해 몸에 딱 달라붙게 제작되는 프리다이빙 슈트를 처음 입을 때는 구조가 필요할 정도로 혼자서 입고 벗기가 쉽지 않다. 그는 프리다이빙을 배우지 않은 수중 작가였던 것이다. 영화 〈그랑 블루〉 초반에 나오는 꼬마 아이들처럼 바닷가 마을에서 자라며 그야말로 진짜 '프리한 다이빙'을 하며 자라온 친구였다.

27밀리미터는 바다가 팬케이크처럼 고요한 날은 시간 맞는 프리다이버 친구들과 새벽부터 자전거를 타고 해변가를 질주했다. 그러다 여기다 싶으면 바로 바다로 뛰어들었다. 그의 배낭에는 항상 거대한 하우징에 담긴 카메라가 있었다. 그리고 집으로 돌아와 아침을 먹고 각자 하루를 시작하곤 했다.

그는 해양 오염이나 해양 생물 종을 대하는 태도가 남달랐다. 곧 있으면 물고기는 없고 플라스틱이 가득한 바다에서 헤엄치게 될지도 모른다며 돌아오는 길에 해변을 청소하는 것도 잊지 않았다. 그리고 오후가 되면 아침에 찍은 스노클링 사진을 입이 딱 벌어질 만하게 작업해 친구들의 메일함에 배달해주었다.

하루는 바다 건너 사우디아라비아가 보이는 옥탑 마당에서 배소은 강사와 27밀리미터에게 구수한 들깨 미역 된장국을 대접했다. 식사 후 옥탑에 놓인 긴 벤치 의자에 앉아 기분 좋은 바람을 맞으며 차를 마시던 중 그에게 물에 매료된 이유를 물었다.

"프랑스 작가 쥘 베른의 소설《해저 2만리》의 한 대목에 내 대답이 있어요."

목소리에 힘을 실어 대답을 이어가는 27밀리미터의 눈에는 반짝반짝 빛이 났다.

"바다는 아주 중요합니다. 바다는 지구의 10분의 7을 덮고 있지요. 바다의 숨결은 건강하고 순수합니다. 바다는 드넓은 황무지이나, 여기서 인간은 결코 혼자가 아닙니다. 사방에서 고동치는 생명을 느낄 수 있으니까요. 바다는 거대하고 초자연적인 존재가 살 수 있는 환경입니다. 바다는 움직임과 사랑 그 자체예요. 어느 시인이 말했듯이, 바다는 살아 있는 무한입니다. (…) 바다는 자연의 광대한 저장고입니다. 지구는 바다에서 시작되었고, 결국 바다로 끝날지도 몰라요. 바다에는 완벽한 평화가 있습니다. 바다는 폭군의 것이 아닙니다. 해수면에서는 아직도 부도덕한 권리를 주장할 수 있고 인간들이 서로 싸우고 서로를 파멸시키고 온갖 잔학 행위를 저지를 수 있지만, 수면에서 10미터만 내려가면 그들의 힘은 사라지고, 그들의 영향력은 시들고, 그들의 권위는 자취를 감춥니다. 바다의 품에 안겨서 살아보세요! 오직 바다에서만 인간은 독립을 누릴 수 있습니다! 이곳에서 나는 어떤 지배자도 인정하지 않습니다! 바다에서는 누구나 자유롭습니다!"[*]

* 쥘 베른, 김석희 옮김, 《해저 2만 리》, 작가정신, 2009.

도시에서 직장을 다니던 생활을 청산하고 다합에 정착한 배소은 강사와 나는 진지한 그의 대답을 듣고 격하게 공감했다.

"27밀리미터, 그대가 왜 모든 재산을 청산하고 카메라를 사서 도시를 떠나 바다 여행을 하고 있는지 이해가 더 가는구만요."

우리 셋은 앞으로 펼쳐질 서로의 바다 여행과 인생 항로에 축복을 담아 손에 들고 있던 히비스커스 티가 담긴 투명한 찻잔을 부딪쳤다. 맑고 강렬한 붉은 빛을 발산하는 찻잔이 부딪치며 만들어낸 나지막한 울림은 큰 공명이 되어 다합 하늘로 퍼져 나갔다.

코로나를 물리친 다합 블루홀 대회

다합 역시 코로나19를 피해갈 수는 없었다. 블루홀 문은 코로나 유행 이후 5개월 동안 닫혀 있었다. 당시 블루홀에서 깊은 수심 트레이닝을 하기 위해 프리다이빙 유학(?)길에 오른 이들에게는 더욱 야속한 상황이었다. 현지인 프리다이버 후세인은 대회 개최 허가를 받기 위해 오랫동안 노력해왔고, 그 결실로 2020년 10월, 드디어 블루홀에서 프리다이빙 대회가 열렸다.

다합 블루홀 대회는 이글이글 타들어가는 사막 한가운데에 있는 해안에서 엎드리면 코 닿을 거리에 있는 아름다운 산호초 지대 옆에서 진행되었다. 블루홀은 1년 365일 날씨와 조류의 영향을 받지 않는 축복받은 곳이다. 블루홀을 멀리서 바라보면 바다에 생긴 싱크홀 지형이 급격하게 깊어지는 탓에 마치 계란 노른자처럼 생긴 중앙은 짙은 푸른색을

띤다. 최대 수심은 92미터까지 열어놓았고, 60여 미러 이상 목표 수심을 선언한 선수들은 대회 중 '아치arch'라고 부르는 터널을 감상하고 올라올 수 있는 특별한 곳이기도 하다.

대회는 아름다운 산호들과 물고기들, 무수히 많은 스노클링을 하고 있는 관광객, 스쿠버다이버들의 틈 속에서 치러졌다. 그래서 다합 블루홀 대회 세이프티(안전 시스템)에는 스노클러들을 담당하는 세이프티 다이버가 따로 있었다. 특히 카페 사장님이자 현지인 프리다이버인 '밀리기'가 대회장을 호위하며 이집트인 관광객들에게 "대회 진행 중이니 저쪽으로 돌아가거나 이 라인 밖에서 구경해도 됩니다"라고 설명하며 스노클링 중인 관광객들을 방해꾼이 아닌 관람객으로 만드는 일을 자원해주고 있었다. 늘 유머 감각을 잊지 않고 사람들에게 웃음을 주는 이 친구의 활약은 단연 돋보였다.

이번 대회에 참가한 한국인은 혜미, 진슬이, 나뿐이었다. 한 건물에 살고 있던 우리 셋은 각자 다른 그룹에 속해서 트레이닝을 하고 있었다. 하지만 대회 신청 후, 점점 더 떨리고 복잡해지는 심경은 매한가지인 듯했다. 그래서 그들에게 '심경 다스리기 트레이닝'을 함께 하자고 제안했다. 우리는 잠자리에 들기 전, 집 앞마당 루프탑에서 파도 소리를 음악 삼아 타들어가는 촛불을 바라보며 티 타임을 가졌다. 함께 로그 북(다이빙 일지)을 보며 오늘 다이빙 중 깨달은 소소한

심적 경험을 나누며 든든한 동지애를 쌓아갔다. 그리고 내가 진행하는 선셋 인요가 수업에도 함께하며 떨리는 가운데 평정심을 찾아가는 느긋한 태도를 익혀갔다. 대회 전날에는 많이 불안해하던 진슬이를 내 방으로 초대해 '엄마 손 마사지 테라피'를 해주며 긴장을 풀어주기도 했다. 수련이 끝나면 함께 해변을 걷고, 주스 가게에 들러 레몬 민트 바질 주스 잔을 부딪치며 서로를 격려했다. 대회를 향한 긴 여정에 같은 뜻을 가진 이가 있다는 것은 참 든든한 일이었다.

프리다이빙 경기는 3일 동안 진행되었다. 오랜만에 참가하는 대회기도 하고, 다합 블루홀에서 대회를 경험한 적이 없었던 나는 대회 첫날 몹시 떨렸다. 이를 감안해 10미터 낮춘 수심을 타깃 수심으로 선정한 덕분에 무난히 화이트 카드에 성공했다. 나머지 두 번의 기회도 나의 주 종목인 CWT 수심 80미터 다이빙에 성공했다. 거기다 CWT 종목 1위와 종합 3위 메달까지 선물 받았다.

나는 선수들의 스타트 시간이 나올 때마다 혜미와 진슬이 시간도 꼼꼼히 손바닥에 적어두었다. 이른 아침에 배치된 내 다이빙 순서를 마치고 나면, 혜미와 진슬이의 스타트 시간 직전까지 최대한 가까이에서 그들과 함께 호흡하고 싶어 간절한 마음으로 대회장을 지키고 있었다. 사유리 선수가

나에게 그랬던 것처럼.

　진슬이는 마지막 순서였다. 혜미와 나는 진슬이를 응원하는 마음으로 지켜보고 있었다. 화이트 카드를 받는 순간, 진슬이는 내 얼굴을 보더니 며칠 만에 엄마를 만난 아이처럼 달려와 내 품에 안겨 울음을 터뜨렸다. 우리 셋은 수면에서 함께 울면서 격한 포옹을 나눈 뒤 블루홀을 빠져나왔다.

　이렇게 작은 바닷가 마을에서 열린 프리다이빙 대회는 아무런 사고 없이 무사히 끝이 났다. 프리다이빙과의 인연으로 이곳 다합에 정착한 우리 셋에게 블루홀에서 코로나를 뚫고 열린 대회는 더욱 뜻깊었다. 오랜만에 대회를 지켜보는 다합 사람들에게도, 다합에서 오래 살던 프리다이버들에게도 잔치 같은 날이었다. 대회에 참가한 모든 사람이 폐막식을 자축하며 하나되는 동안 다합의 달이 떠오르고 있었다.

요가 지도자 과정을 열다

2020년, 사막의 무더위가 가시고 선선한 바람이 불어올 때쯤 한국에서 메시지가 도착했다. 1년여 전 비앙카 요가 코스수업을 듣고 한국으로 돌아간 수련생이었다. 프리다이빙 강사인 그는 학생들이 요가를 가르쳐보라고 계속 권하는데, 지금 실력에서 가르치면 오히려 위험할 것 같다고 말했다. 그래서 내가 인도나 인도네시아처럼 요가 한 달 집중 과정을 열어주면 꼭 참여해보고 싶다고 했다.

물론 나도 요가 지도자 과정을 꾸릴 계획은 있었다. 한 10년쯤 후에. 아직은 요가를 만난 지 7년도 채 안 되었기에 준비가 되지 않았다고 생각했다. 하지만 메시지를 받고 나서, 나 자신에게 이렇게 되물어보았다.

'그 준비는 언제 되는 건데? 언젠가 하고 싶은 꿈이라면 지금부터 알아봐도 되지 않을까?'

일단 할 수 있는 것부터 시작했다. 요즘은 요가 강사를 채용할 때 자격증을 요구하는 학원이 많아지는 추세다. 그러니 나처럼 전혀 명성이 없는 요가 강사가 요가 지도자 과정을 열 거라면 공신력 있는 국제 요가 지도자 자격증을 발급해줄 수 있도록 시스템을 갖춰야 신뢰를 줄 것 같았다. 그래서 세계 최대 규모이자 가장 권위 있는 미국의 국제 요가 비영리 기구인 요가 얼라이언스^{Yoga Alliance}에서 공인된 요가 스쿨로 인가를 받을 수 있는 방법부터 알아보았다. 인가받는 절차를 보니, 리드 트레이너로서 해야 하는 역할에 엄청난 부담이 밀려왔다. 요가 해부학, 요가 철학, 요가 역사 등등. 모두 오래전에 배우긴 했지만 내가 다 잘 가르칠 수 있을까? 아무리 생각해도 불가능했다.

그 학생의 제안을 거절할 생각으로 화상회의를 잡았다. 하지만 막상 이야기를 나눠보니, 요가에 대한 학생의 열정이 대화 곳곳에서 느껴졌다. 나에게 배운 요가 수련을 한국에 돌아가서도 꾸준히 이어가고 있고, 이제는 요가를 가르쳐보고 싶다는 학생에게 "안 되겠습니다. 제가 아직…"이라고 할 수는 없었다. 명상 수련을 하며 깨우친 두 가지가 있다. "뜻이 있는 곳에 길이 있나니, 내맡겨라." 그리고 근사하고 완벽한 선생님으로 보이고자 하는 "에고를 버려라." 세계여행을 시작한 이후부터 지금까지 이 두 태도로 살아온 나였기에, 이번에도 이 힘을 믿어보기로 했다.

나는 이 수업이 단순히 국제 요가 지도자 자격증을 취득하는 데 그치는 것이 아니라 실제로 수업을 들은 수련생들이 요가를 통해 건강한 삶, 행복한 삶을 체험하고 실천해갈 수 있길 바랐다. 그래서 실제 생활에서 적용하고 싶은 마음이 들도록 비건식을 경험해보고, 일상생활에서 잃어버린 여유를 찾길 바라는 마음을 담아 내 몸을 혹사시키지 않고 자신에게 휴식을 주는 여유의 중요성도 배울 수 있는 수업으로 구성하기로 했다.

비건식은 다합 물가에 견주면 터무니없이 비싼 가격이었지만 최고급으로 주문했다. 그리고 바쁜 일상에서 벗어나 내면을 수련한다는 의미의 '리트릿retreat' 여행이 트렌드인 요즘, 사막이 있는 이곳의 지역 환경을 살려 사막 요가 명상 리트릿 시간도 마련했다. 한 달간 익숙해진 환경에서 벗어나 열 가구도 채 안 되는 베두인이 사는 북쪽으로 두 시간가량 떨어진 조용한 사막에서 함께 침묵 걷기 명상을 하면서, 따로 또 홀로 자신을 정리하는 시간도 가져보길 바랐다. 한 달이라는 긴 시간 동안 과도한 긴장감과 집중 수련으로 몸과 마음을 혹사시키지 말고 사랑해주라는 의미로 마사지 테라피 세션도 예약해두었다.

인생에서 많은 선생님들께 건강하고 행복한 삶을 사는 방법을 배웠는데 이것을 한 달 동안 체계적으로 공유할 생각

을 하니 용기와 열정이 더 샘솟았다. 내가 가진 것을 100퍼센트, 아니 120퍼센트 나누고 싶은 생각이 들자 '나는 아직 요가 강사 트레이너로서 부족하다'는 생각은 사라졌다. 오히려 모르는 부분은 감추지 말고 학생들에게 함께 알아가 보자고 제안하기로 다짐했다. 이런 솔직하고 진실된 태도는 내 미래에도 훨씬 많은 용기와 자신감을 가져다줄 것이란 걸 알았다. 내맡길 수 있는 용기에 확신이 더해졌다.

세 제자들

~~~~

다합의 봄 날씨는 시나이 사막의 기운으로 아침에는 서늘하고 낮에는 포근해 아사나를 수련하기에 더없이 좋다.

한 달간 '다합 비앙카 요가 지도자 과정'의 항해에 오른 수련생은 진슬과 희광, 혜미는 모두 세 명으로, 나에게 다합에서 처음 요가를 배운 한국인이었다. 모두 프리다이빙 강사였으며, 자기 삶의 주체자가 되어 흔들림 없이 자신의 인생을 주관 있게 살고 있는 사람들이었다.

진슬은 다합에 있는 한국 프리다이빙 센터에서 2년째 강사로 활동하고 있다. 20대 후반이라는 나이가 믿기지 않을 정도로 어른스럽고, 하루 일과를 한결같이 이어나가는 바른 생활형 사람이기도 하다. 하지만 다합에 살고 있음에도 불구하고, 한국인으로만 구성된 프리다이빙 센터 사람들하고만

교류를 해서 영어를 사용해본 지 오래되었고, 오직 프리다이빙만 하며 지내던 중이었다.

진슬은 비앙카 요가 코스 수업을 들은 뒤, 한국에서 요가 강사로 활동해보고 싶은 꿈이 생겼다고 했다. 이상이 너무 높은 완벽주의자인 탓에 매사가 자기 기대에 못 미쳐 자신감이 결여되어 있는 진슬에게 이 수업이 좋은 기회가 될 것 같았다.

희광은 태양광 에너지 설계업을 관두고, 1년 전 다합으로 와서 프리다이빙을 배워 결국 프리다이빙 강사로 변신한 40대 후반 남성이다. 역시 비앙카 요가 수업에서 인연을 맺은 희광은 요가 지도자 과정에서 든든한 맏이 역할을 해주었다. 내가 쩔쩔매며 어떻게 수업을 풀어나가야 할지 고민에 빠질 때면 자신이 겪었던 여러 가지 경험들을 들려주었다. 수업에서도 서로의 경험을 이야기할 수 있는 장을 마련해줌으로써 점점 더 열띤 토론식 수업으로 진행되는 데 공헌해주었다. 나눔 시간에는 꿈꿔왔던 이상적인 수업에 참여하고 있는 것 같아 행복했다는 피드백까지 안겨주어 요가 강사 과정을 진행하는 데 자신감을 심어줬다.

호흡과 프라나야마에 관심이 많았던 혜미는 복싱을 즐

겨 하는 공대 출신의 30대 여성이다. 건축 설계 회사를 관두고 아프리카 여행을 하다가 프리다이빙을 만났고, 다합에서 4년째 프리다이빙 강사 프리랜서로 일하던 중이었다. 프리다이빙 대회에서 블랙아웃을 한 번 경험한 뒤 슬럼프에 빠져있던 중, 요가와 명상을 만나게 되었다. 처음 비앙카 요가 코스 수업 중 해변 명상에 참여한 이후, 하루도 빠짐없이 하루에 한 시간씩 명상을 이어가다 위빠사나 명상 코스를 들으러 진안을 다녀올 정도로 열정적인 사람이다.

프리다이빙 강사는 교육생이 물속에서 편안한 마음을 가질 수 있게 하는 방법을 늘 고민해야 한다. 특히 물을 무서워하는 이를 만나면 더욱 그렇다. 그러다 보니 셋 모두에게는 이미 상대방의 입장에서 생각하는 사고 능력이 있었다. 그러니 "다들 되는 이 동작을 왜 못하시나요?" 같은 접근은 끼어들 틈이 없었다. 이런 사고가 가능하다는 것은 요가 강사가 되고자 하는 사람에게는 큰 이점이었다.

인도의 경전 《요가 수트라》에서 파탄잘리는 요가를 요동치는 마음의 활동을 잠잠히 하는 것이라고 설명했다. 프리다이버인 세 명 모두 바다 속에서 느껴지는 수압은 물론 호흡을 참는 동안 느껴지는 내부의 욕망과 좋고 싫음에 따라서 요동치는 마음의 변화를 잠잠히 다스리는 훈련을 해온 이들이었다. 이 마음 다스리기를 해온 프리다이버 요기들은 요가 매트 위에서 깊은 수련 단계에 들어갈 준비가 되어 있었다.

수련의 풍경

아사나

아사나 수련에서는 특히 알아차림이 중요하다. 나의 몸과 대화를 하면서 몸이 열릴 수 있도록 기다려줄 수 있는 여유와 몸이 준비되었을 때 더 깊은 단계에 들어갈 수 있는 순간을 알아차리는 것이 중요하기 때문이다.

수업을 시작한 지 2주 정도 지났을 무렵이었다. 세 명 모두 눈살을 찌푸리며 몸을 혹사시키는 수련은 하지 않는 단계에 이르렀다는 걸 알았다. 여기서 조금 더 가면 부상을 당할 수 있고, 여기서 포기하면 약한 의지 때문이라는 걸 얼마나 잘 알아차리는지 확인하는 시간을 가졌다.

예전에 프란체스카의 교훈이 떠올라 부장가아사나를 본인이 머물고 싶은 만큼 머무르라는 미션을 주었다. 후굴에 강한 진슬이는 자세가 흐트러진다는 것을 알아차리고 적절한 시기에 빠져나왔다. 훌륭한 알아차림이었다. 희광은 생각보다 호흡수가 평소보다 더 많이 가도 힘들지 않아 조금 더 머물다 나왔다고 했다. 이 역시 훌륭한 알아차림이었다. 그런데 혜미는 매트에서 손이 계속 미끄러지면서 자세가 엉망이 된 지 오랜 시간이 지났는데도 빠져나오지 않았다. 본인이 오래 버티기로 마음먹은 이상 어떤 무엇과도 타협하고 싶지 않아 하는 성격이 그대로 드러났다. 스스로 깨닫고 나오기를 기다리고자 했으나, 30분이 거의 다 되어가는데도 전혀 나올 기미가 안 보여 이제 그만 나오라고 얘기했다. 아마 내가 그만하라고 얘기하지 않았으면 오늘 종일 그 자세로 있었을지도 모를 친구였다.

혜미는 땀을 뻘뻘 흘리며 "몸의 감각이 없어진 것 같아요"라며 이렇게 덧붙였다. "지금까지 제 욕심을 채우려고 몸을 돌보지 않고 무조건 몰아붙이기만 한 것 같아요. 저 자신을 너무 혹사시킨 것 같아서, 너무 불쌍하다는 생각이 들었어요."

혜미에겐 이번 수련이 몸을 에고의 욕망을 채우기 위한 수단으로 쓰지 않고 아끼고 사랑해주겠다고 다짐한 계기가 된 것이다. 이후의 수련에서 혜미는 자신에게 저항하는 대신 내려놓기 시작했더니 거친 숨소리가 사라졌다고 했다.

비건 음식과 요가 니드라

인도 전통 의학인 아유르베다에서는 우리 몸을 생물학적 기질에 따라 바라^{Vata}, 피타^{Pitta}, 카파^{Kapha} 세 가지 유형으로 분류한다. 우리 몸은 나무와 같다. 사막이나 습지에서 자라는 나무들은 다르게 길러야 하는 것처럼, 우리 몸도 모두 다르기에 각자에게 맞는 방법으로 돌봐야 한다.

요가 강사 과정을 하는 동안 개인에게 맞는 적절한 식이요법을 통해 생활 습관을 형성하라는 메시지를 전달하고 싶었다. 꼭 비건식을 먹으라는 것은 아니지만, 내 몸에 맞는 식단을 찾기 위해 한 달 동안 비건식을 하면서 내 몸에서 느껴지는 변화를 관찰하도록 했다.

점심 식사는 오늘의 메뉴에 들어간 재료 소개와 레시피 설명을 들으며 시작됐다. 요가 강사이자 셰프인 엘렌은 재치 있는 주제로 요기를 위한 식탁을 한 상 차려주었다. 템페(콩으로 만든 인도네시아 발효식품)나 페스토 등 엘렌이 직접 재배한 식물, 채소, 꽃으로 비비고 볶고 구워낸 한 끼 식사는 눈, 코, 입의 감각이 함께 호강하는 즐거움을 주었다. 요가 지도자 과정 일정 중 또 하나의 재미를 더해준 것은 물론이고, 몸도 점점 가벼워진다는 피드백을 받았다.

점심을 먹고 나서는 편안한 침대나 요가 매트에 누워 30분에서 한 시간 동안 반드시 누워서 온몸에 힘을 빼는 시

간을 가지라고 했다. 이 시간은 휴식 시간이면서 엄청나게 중요한 수련 시간이다. 프리다이빙에서도 이 기술은 아주 중요한데, 낯선 환경에서 빠른 시간 안에 내가 원하는 편안한 마음 상태로 데려가주기 때문이다. 스트레스 해소에 도움이 되는 유도 명상, 수면 요가로도 알려진 요가 니드라^{Yoga Nidra}를 하며 자신의 의식을 깨어 있는 의식과 무의식 사이에 데려다 놓고 머무는 시간을 가지는 것이다. 머리끝부터 발끝까지 섬세하게 부분부분 힘을 빼는 이 시간은 점점 더 짧은 시간에 더 깊은 이완에 이를 수 있게 만들어준다.

만트라 챈팅

평소 요가 수련에서 만트라 챈팅 시간은 나에겐 특히 집중력이 요구되는 시간이다. 성악 전공자의 버릇인 바이브레이션이나 두성 공명 같은 기교를 최대한 빼고, 자연스럽게 내가 가진 소리가 단순히 호흡을 통해서 목청으로 그냥 통과하라고 주문해야 하기 때문이다. 혹시 내가 가르치는 챈팅을 성악 전공자가 가르치는 어려운 수업이라 여기고 거부감을 느끼지 않을까 걱정되었다. 그래서 좀더 쉽게 접근할 수 있도록 맨발 산책 중에 챈팅 수업을 자연스럽게 곁들였다.

우리의 챈팅 수업에는 명상 시간에 어울릴 법한 차분한 목소리는 낄 틈이 없었다. 앰뷸런스 소리, 강아지나 닭이

우는 소리 등 전혀 우아하지 않은 소리에 호흡과 감정을 싣고 막춤을 섞어 걸었다. 허허벌판에 대고 시원하게 목청껏 소리 질러 보게도 했다. 그러면서 근사한 소리를 만들어내는 게 중요한 것이 아니라 나만이 가진 진솔한 목소리라는 악기를 발견하는 것이 얼마나 중요한지 알아가길 바랐다. 그래서 목소리를 자신감 있게 표현하는 방법을 터득하기 위해 프라나야마 중 하나인 카팔라바티Kapalabhati(정뇌 호흡법)처럼 스타카토로 배를 튕기며 호흡을 실어 씩씩한 소리를 발산하도록 했다. 세 사람은 깔깔 웃으며 수줍은 듯 따라 하기 시작하더니, 점점 묵은 한을 풀어내는 듯 목청껏 소리를 냈다. 모두 잠시 어른의 가면을 벗고 천진난만한 어린아이의 순수하고도 진실된 마음을 만나길 바랐는데, 성공적이었다. 성악 전공이 요가 수업에 도움이 되었으니 세상에 배워서 버릴 건 정말 없구나, 내 장점이 이렇게 발현되는구나 싶었다.

우리 네 명은 자전거를 타고 사막과 바다, 석양 이렇게 삼박자가 어우러진 도로 위를 나란히 달렸다. 라구나Laguna 해변에 도착해 맨발 산책을 이어가는 동안 점점 만트라 챈팅에 대한 자신감은 물론 영혼의 정화와 치유까지 일어나고 있었다.

내맡기는 삶, 변화의 시작

날이 갈수록 세 사람이 점점 자신감을 얻는 모습이 보였다. 서로가 상호 작용하는 모습과 어색했던 아사나들이 세 사람이 각자 지닌 고유의 에너지와 아사나 고유의 아름다움이 조화를 이루어 빛을 낼 때는 흐뭇함을 넘어 신기하기까지 했다.

그중에서도 특히 신기했던 건 그들의 눈빛과 표정, 수련 중 호흡하는 모습, 사고하는 과정까지 나와 비슷해지고 있었다는 것이다. 나의 삶이 누군가에게 이렇게 영향을 미칠 수 있다니. 조금 더 매사에 진중해져야겠다는 책임감도 느껴졌다.

요가를 배우는 것은 단지 '나'의 수련만 생각하면 된다. 그러나 요가 강사가 되기 위해서는 공유하고 싶은 요가의 세계를 확실하게 정립해 나간 후, 그것을 어떻게 전달할 수 있을까를 고민해야 한다. 단지 요가 동작 시범을 잘 보여주는 강사가 아니라, 평소에 야마[*]와 니야마[**]를 실천하는 요가 정신, 철학을 담고 살아가길 바랐다. 그리고 그 향기를 공유할 수 있는 삶을 사는 요가 강사가 되기를 바랐는데, 세 명 모두 그 길에 들어서 있었다.

한 달간의 요가 강사 과정은 무사히 끝났지만, 나는 점점 욕심이 나기 시작했다. 막 탄생한 요가 강사들의 무한한 능력을 한없이 끌어내고 싶었던 것이다. 한 달 과정 후 너무 피곤하고 지쳐서 당장은 쉬고 싶은 마음이 간절하지 않을까 걱정도 되었지만, 세 명에게 하루씩 돌아가며 한 시간 반짜리 실제 수업을 해볼 생각이 있느냐고 조심스럽게 물어보았다.

고맙게도 셋은 각자의 강점을 살린 전굴, 후굴, 프라나야마 호흡을 주제로 "신선하고 다양한 아침 요가"라는 수업을 만들었다. 그리고 다합 커뮤니티에 홍보도 하고 열심히 수업 준비를 해나가기 시작했다. 요가 지도자 과정을 위해 힐링 룸을 내어주었던 코랄 코스트 호텔 누르 웰빙 센터의 에마도 새롭게 탄생한 요가 강사들이 곧바로 수업을 할 수 있는 기회를 주고 싶다는 나의 취지를 잘 이해해주어 무료로 장소를 지원해주고 홍보에도 적극 동참해주었다.

* Yama: 금계, 외적인 관계를 맺고 삶의 전반에 영향을 미치는 것에 대한 규범.
** Niyama: 권계, 개인의 몸과 마음을 정화하고자 할 때 지켜야 하는 권장 사항.

수업은 아침에 무료 나눔으로 진행되었다. 요가 스튜디오는 점점 꽉 차가고, 한국인보다 외국인과 이집트인의 숫자가 더욱 많아지기 시작했다.

아침에 요가 스튜디오에 찾아오는 수련생들과 새롭게 탄생한 요가 강사들이 그들을 맞이하기 위해 일찍 나와 향을 피우고, 잔잔한 음악을 준비하는 모습을 보았던 2주는 한 달의 요가 지도자 과정 때보다 더 설렜던 시간이었다. 수련생을 맞이하기 전, 빈 요가 스튜디오에 도착해 기다리는 시간 동안 드는 설렘, 긴장감, 행복감과 수련이 끝난 후 느끼는 보람과 성취감을 이들과 나눌 수 있게 되어 또 한 번 가슴이 벅차올랐다. 수업을 진행하는 그들을 바라보며 한 달 동안 내가 그들에게 무엇을 쏟아부었는지가 보였다. 그것은 요가 지식뿐만 아니라 삶에 대한 열정과 사랑이었다.

2주의 나눔 수업이 끝나고 여전히 초보 강사 세 명은 누구나 그러하듯 과연 내가 노련한 요가 강사들처럼 가르칠 수 있을까 하는 걱정이 앞서 있었다. 하지만 전혀 걱정할 필요가 없었다. 혜미는 다합의 어느 한 호텔 루프탑에서 야외 선셋 요가를 기부 나눔으로 진행하기 시작했고, 진슬이는 프리다이빙 센터에서 기부 나눔으로 요가 수업을 이어갔다. 희광은 태백으로 돌아가 광부들이 주 고객층인 피트니스 센터

에서 남성 요가 수업을 시작했고, 최근에는 작은 요가 스튜디오를 열었다.

우리는 지금도 매달 말일에 화상 모임으로 요가와 관련된 성장 이야기를 나누고 있다. 최근 모임에서 조용한 혜미가 이런 이야기를 했다. "요가 수업을 해보니까, 처음엔 열심히 준비해간 수업을 하면서 제가 이들에게 요가를 가르쳐주고 에너지를 주고 있는 줄 알았는데, 오히려 이들이 저에게 에너지를 주고 있다는 걸 점점 느끼고 있어요. 신기해요."

우리 네 명 모두 근사한 요가 수업을 할 준비가 될 때까지 계속 미루었다면 일어나지 않았을 일들이었을 텐데 더 많은 이들과 나누고자 했더니 이 모든 일이 척척 풀려나가고 있음을 경험하며 놀라워한다.

그렇게 우리는 우주에서 모두 계획하고 각자가 할 수 있는 임무를 주고 이 지구에 우리를 보내줌을 다시 또 확인했다. '내가 잘 할 수 있을까?'가 아닌, 내가 잘 할 수 있는 일을 열심히 즐기며 내맡기는 것이 답이라는 것도.

바다를 사랑하는 한 남자가 있었다. 한겨울, 바다에서 나와 장비와 거대한 카메라 하우징을 말리며 한 손에는 담배와 커피를, 다른 한 손은 이제 막 담아온 바다 향기가 식을세라 그날 다이빙이 어땠는지 기록하는 로그 북에 써 나가기 바빴다. 10년 넘게 변함없이 로그 북을 정성껏 작성해오신 존경스런 김상준 스쿠버다이빙 선생님의 모습이다.

"샘, 나중에 로그 북 묶어서 책으로 만들면 좋겠어요. 샘의 바다 사랑을 공유할 수 있게요." 10년 전 음악 교사 시절 이런 말을 건넸던 나는, 2013년 스쿠버다이빙에 이어 프리다이빙 세계에 입문했다. 입문을 넘어 프리다이빙에 미쳐가고 있던 시절, 한국에 잠시 들어온 내 소식을 접한 선생님에게서 연락이 왔다.

"올림픽 공원 앞에서 점심 어때요, 선영 양?"

뚝배기가 바닥을 드러낼 때쯤, 선생님은 이렇게 말씀하셨다. "선영 양, 나중에 자서전 한번 써보세요. 한 에피소드씩 지금부터 〈수중세계〉 매거진에 글을 연재하고, 나중에 그 글들을 묶으면 그게 자서전이죠. 어때요?"

선생님의 권유 덕분에 두 달에 한 편씩 〈수중세계〉 매거진에 칼럼을 연재하며 지난 여행지를 글쓰기로 다시 만나는 여행을 한 지 3년이 되었다. 혼자 경험하기 아까웠던 소중한 순간을 글로 독자들과 공유하는 건 또 다른 행복이었다. 그리고 그 행복은 지금의 이 책을 쓸 수 있는 동기를 마련해주었다.

프리다이빙 교본이나 관련 실용서를 내보자는 제의를 다른 곳에서 받긴 했지만 이런 책들을 나보다 잘 쓸 수 있는 사람이 천지에 널렸음을 알고 있었다. 나는 자연과 프리다이빙, 요가, 명상을 통해 치유된 정신세계를 공유하고 싶었다. 그래서 정신세계만을 전문으로 다루는 정신세계사에서 이 책을 세상에 내놓게 된 일은 정말이지 가문의 영광이다. 그리고 김우종 대표님 덕분에 함께 호흡하며 책을 다듬어준 이현율 편집자를 만난 건 더 큰 영광이었다.

출판사와 이 책을 쓰자는 이야기를 나눈 시기는 2019년 여름이었다. 첫 문장을 쓰는 데 딱 6개월 걸렸고, 원고를 완성하기까지 또 6개월이 걸렸다. 때로는 인터넷을 끊고 명상을 하며 혼자 조용히 내면으로 들어갔다가 글 쓰는 재미에 빠져들기도 하며 드디어 원고에 마침표를 찍었다. 다른 사람의 자전적 에세이를 읽고 나면, 온통 자기 자랑이나 금수저의 성공담을 읽은 것처럼 씁쓸함만 남기도 했던 기억이 있어 개인적인 이야기는 최대한 배제하고 프리다이빙과 명상을 통해 배운 교훈을 중심으로 썼다.

그렇게 다 끝난 줄만 알았던 책 쓰기 작업이 1년째 되던 날, 화상회의에서 담당 편집자는 의외의 이야기를 꺼냈다. "직장을 그만두고 세계여행을 떠나게 된 계기는 무엇이었나요?" "여행 경로는 어떤 기준으로 정했나요?" 등 모두 김선영이라는 사람에 대한 질문들이었다.

두 시간가량의 인터뷰에서, 나는 실제로 만나본 적도 없는 스크린 속 편집자에게 너무 마음이 아파서 직장을 버리고 떠날 수밖에 없었던 그때의 심정을 진솔하게 털어놓기 시작했다. 내 이야기를 다 들은 편집자는 지금처럼 이야기하듯 내가 독자들과 나누고 싶은 이야기를 써보라고 말했다. 그때 알았다. 내가 진짜 쓰고 싶었던 건 프리다이버로, 요기로 살게 된 내맡김의 과정을 담은 나의 이야기였다는 걸. 편집자는 내가 왜 책을 쓰고 싶어했는지, 어떻게 쓰는 건지 가슴으로 알려주고 있었다. 그렇게 우리는 새로운 출발을 결의했다. 진심으로 쓰고 싶은 이야기를 쓰기로.

그렇게 2021년 여름까지 나는 다시 1년간 타임머신을 타고 나의 인생을 돌아보는 여행을 시작했다. 아팠고, 떠났고, 아물었고, 새싹이 움텄고, 꽃이 피고, 행복이라는 씨앗을 받아 함께 나눴던 과정을 돌아본 시간은 또 다른 치유 과정이었고, 또 다른 명상 시간이었다.

이 과정을 솔직하게 적은 이 에세이를 통해 프리다이빙, 요가, 명상을 배우며 내맡기는 삶을 실천했던 용기를 나누고 싶다. 나처럼 힘들었던 시기에 놓인 이가 있다면, 단 한 명일지라도 이 책이 위안과 용기를 줄 수 있으면 좋겠다. 지구상에 이런 인생을 살고 있는 이도 있다는 것을 기억하면서.

모두 행복하고, 행복하세요.

2021년 늦은 가을,

김선영

도움 주신 사진작가와 작품(가나다, 알파벳 순)

고경주 180쪽
김병연 200쪽
김영모 240-241쪽
박찬긍 128, 136, 188, 216쪽
배소은 176, 192(아래), 198(위)쪽
이수열 154, 158, 230(아래)쪽
조병준 170쪽
Alex St-Jean 110, 164, 220쪽
Authentic big blue 26-27쪽
AM sea imaging 32(아래)쪽
Daan Verhoeven 36-37, 46-47, 48, 70, 80, 132쪽
David Watson 242쪽
Francesca Manolino 90, 96, 104-105쪽, 120쪽
Huub Waaldijk 214(위)쪽
Jean Philippe 148쪽
Livio Fakeye 144, 152쪽
On a single breath 30, 32(위), 34쪽
Renee Blundon 214(아래)쪽
Sofia Bagenholm 86쪽
27mm 10, 18, 202, 208-209쪽

참고문헌

B.K.S. 아헹가, 현천 옮김, 《요가 디피카》, 선요가, 2007.
B.K.S. 아헹가, 현천 옮김, 《요가 수트라》, 선요가, 2015.
마이클 A. 싱어, 김정은 옮김, 《될 일은 된다》, 정신세계사, 2016.
S.N. 고엔카, 윌리엄 하트 엮음, 담마코리아 옮김, 《고엔카의 위빳사나 10일 코스》, 김영사, 2017.
윌러스 J. 니콜스, 신영경 옮김, 《블루마인드》, 프리렉, 2015.
쥘 베른, 김석희 옮김, 《해저 2만 리》, 작가정신, 2009.